LAISHI DE LU
来时的路
亲历者讲述红色故事

莆田烽火

邓子恢 等◎著

冯长青 马建文 杨建平◎编

中国文史出版社

图书在版编目（CIP）数据

莆田烽火／邓子恢等著；冯长青，马建文，杨建平编 . -- 北京：中国文史出版社，2024.7
（来时的路：亲历者讲述红色故事／朱冬生主编）
ISBN 978 - 7 - 5205 - 4694 - 2

Ⅰ.①莆… Ⅱ.①邓… ②冯… ③马… ④杨… Ⅲ.
①革命回忆录 - 作品集 - 中国 - 当代 Ⅳ.①I251

中国国家版本馆 CIP 数据核字（2024）第 102415 号

责任编辑：金　硕

出版发行：**中国文史出版社**

社　　址：北京市海淀区西八里庄路 69 号　　邮编：100142
电　　话：010 - 81136606/6602/6603/6642（发行部）
传　　真：010 - 81136655
印　　装：廊坊市海涛印刷有限公司
经　　销：全国新华书店
开　　本：700mm×1000mm　1/16
印　　张：17.25
字　　数：165 千字
版　　次：2025 年 1 月北京第 1 版
印　　次：2025 年 1 月第 1 次印刷
定　　价：72.00 元

丛书编委会

总 主 编　朱冬生

执 行 主 编　史延胜　金　硕

执行副主编　吕　鹏　任德才　左厚锋

编　　　者　庞召力　孙召鹏　丁　伟　杨顺雨

　　　　　　彭　曾　倪慧慧　冯长青　牛胜启

　　　　　　冯华安　刘英芳

出版说明

选题缘起

一是贯彻落实习近平总书记提出的"要讲好党的故事、革命的故事、根据地的故事、英雄和烈士的故事，加强革命传统教育、爱国主义教育、青少年思想道德教育，把红色基因传承好，确保红色江山永不变色"重要指示精神，深入挖掘红色资源，丰富精神宝库。"采取青少年喜闻乐见、易于接受的形式"，讲好"四个故事"、加强"三个教育"，以高度的历史自觉培育有理想、有本领、有担当的时代新人。抚今追昔、鉴往知来，不忘初心、牢记使命，始终牢记"我们走得再远都不能忘记来时的路"，让信仰之火熊熊不息。

二是引导人们树立正确的历史观。中国共产党百年非凡奋斗历程为我们留下了丰厚的精神遗产，随着时间的推移，现阶段人们尤其是年青一代对当年那一段血与火的历史已渐感陌生；网络时代媒体传播的多元化，极大丰富了人们的信息资源，但在一定程度上也干扰了人们对历史的正确认知，特别是关于党史和军史，存在不准确甚至不正确的史料传播。本丛书旨在通过收集和整理史料，让历史说话，用史实发言，为人们树立正确历史观提供翔实资料。

三是文史资料再开发的尝试。现存的权威军史资料大都时日已长，为防止宝贵的红色资源湮没在历史尘埃中，迫切需要对其进行深度挖掘、梳理整合，以"亲历、亲见、亲闻"的"三亲"史料的形式，让红色资源以新的体系、新的样态呈现在世人面前，更好地发挥教育功能。

编选原则

一是坚持正确的政治立场。牢牢坚持党性原则，牢牢坚持马克思主义新闻观，牢牢坚持正确舆论导向，牢牢坚持正面宣传为主。

二是主题鲜明。丛书反映了中国共产党团结带领中国人民，以"为有牺牲多壮志，敢教日月换新天"的大无畏气概，书写了中华民族几千年历史上最恢宏的史诗；展现了坚持真理、坚守理想，践行初心、担当使命，不怕牺牲、英勇斗争，对党忠诚、不负人民的伟大建党精神。

三是史料权威。丛书内容来源于《中国人民解放军历史资料丛书》《中国抗日战争军事史料丛书》《中国工农红军长征史料丛书》所收录的文章及老一辈革命家的回忆录等。涉及党内路线斗争的题材概不收入；涉及犯有重大错误的人员的情况只做客观描述，不做评述；理论性较强，不便于一般读者理解的文章慎重选录。

四是注重"三亲"性。所选文章紧扣"亲历、亲见、亲闻"的特点，内容感人至深、思想丰富深刻、语言通俗易懂，为加强红色资源的故事化提供生动范例，做到知识灌输与情感培养并举。

卷册专题划分

一是在纵向上按照中国革命的历史进程，讲述了土地革命战争时期、抗日战争时期、解放战争时期及新中国成立初期的党史和军史故事。

二是在横向上各个历史时期再按区域或按部队序列进行分述。如土地革命战争时期的各地武装起义，按照当年武装起义比较集中的地区，如湘赣、湘鄂西、鄂豫皖、苏浙闽沪、陕甘等分别编辑成册。抗日战争时期，按照八路军第一一五师、第一二〇师、第一二九师、新四军、华南抗日游击队、东北抗日联军等分别编辑成册。解放战争时期，按照第一、第二、第三、第四野战军和华北军区部队，以及剿匪斗争、策动国民党军起义投诚等分别编辑成册。后勤工作、军队院校等特殊领域，单独成册。

囿于文史资料的自身特点，作者个人身份立场、视野角度不同，一些人撰稿时年事已高、事隔经年，记忆恐有偏差，细节难求完全准确，有意偏重或弱化亦难避免。对此，我们力求维持原貌，体现多说并存，只对一些显而易见的讹误进行了谨慎订正。诚然如此，由于我们能力水平和主客观条件的限制，难免有疏漏之处，恳请广大读者批评指正！

编　者
2024 年 6 月

　　土地革命战争时期，党从残酷的现实中认识到，没有革命的武装就无法战胜武装的反革命，就无法夺取中国革命胜利，就无法改变中国人民和中华民族的命运，必须以武装的革命反对武装的反革命。1927 年 8 月至 1937 年 6 月，中国共产党领导广大工农革命群众先后在全国各地举行了 680 余次武装起义，遍及 19 个省，起义风暴席卷了大半个中国。江苏、浙江、福建和上海等地党组织积极贯彻八七会议精神，领导组织了一系列农民暴动和武装起义，由于敌我力量悬殊，这些起义大多数失败了。但一些起义部队在各省边界地区的偏僻山村坚持了下来，在这里开展游击战争，实行土地革命，建立革命政权，为以后红军和根据地的更大发展奠定了初步基础。毛泽东、朱德、周恩来等领导同志多次率红军主力入闽，对福建地区革命斗争给以有力的指导，有效地推动了这里的革命斗争发展，建立了比较稳固的革命根据地，成为中央革命根据地的重要组成部分。本书收录的文章主要围绕苏、浙、闽、沪地区的武装起义和暴动展开，涉及各地区党组织建设、起义和暴动的筹备与实施、革命政权建立与发展、群众组织建设等内容，反映了中国共产党领导人民群众开展武装斗争、创建革命根据地、发展革命力量的艰难历程。

目　录

2

宜兴农民暴动[*]

匡亚明

1924 年至 1927 年，大革命时期所形成的汹涌澎湃的城乡革命群众运动，如同狂飙席卷神州大地。地处苏浙皖交界的宜兴县，党、团组织工作开展得比较好，在领导农民运动方面的成效比较明显。特别是 1927 年 7 月至 10 月的教师索薪运动、农民抗粪捐斗争、"双十节"冲打县政府等运动，大大增强了群众参加革命的信心。

1927 年 10 月，我正在南京，突然接到共青团江苏省委急电，要求我立即返回上海。时任团省委书记华少峰（即华岗）对我说，宜兴情况很好，农民发动起来了，马上就要起来举行暴动，要我以共青团江苏省委特派员名义，代表团省委急速赶赴宜兴，参加暴动的领导工作。他还告诉我，中共江苏省委特派员段炎华同志已在宜兴，到宜兴后立即和他取

---

* 本文原标题为《忆宜兴农民暴动》，收录时做了适当修改。

得联系。省委之所以派我去，主要是因为我不久前曾任共青团无锡中心县委书记，除无锡的工作外，还兼管宜兴、溧阳、江阴等县的工作，所以对宜兴县工作情况了解一些。

到宜兴后，我见到了段炎华、万益、史砚芬等同志。在中共宜兴县委和团县委联合会议上，我们听取有关暴动的组织准备工作等情况汇报后，研究决定成立了暴动行动委员会，统一领导这次暴动工作，委员会由段炎华、万益、我（当时叫匡梦苏，21岁）、宗益寿和史砚芬五个人组成。暴动行动委员会办公地址设在城郊的一所县立中学内，总指挥是万益，副总指挥是宗益寿、史砚芬。队伍一律称农民暴动队，以红臂章为号，大体按班、排、连、营等编制。武器除步枪十余支、手枪数支外，其余均为木棍、大刀、标枪等原始武器。当时，城内除商团300余人，警察100余人外，无正规驻军。

11月1日清晨，各路农民暴动队队员，怀着对黑暗势力的深仇大恨，臂佩红袖章，手执大刀、锄耙、棍棒等各式武器，雄赳赳，气昂昂，呼喊着革命口号，唱着革命歌曲，向万恶的反动统治者及其卵翼下作恶多端的封建群丑、土豪劣绅猛烈出击，只朝天放了几枪，便一鼓作气占领了国民党县政府、公安局，攻下了商团、水警。这支几千人的农军，虽服装不一，但有组织有纪律，听从指挥，士气激昂慷慨，行动沉着果敢，实为罕见。这充分证明宜兴县党、团工作以及农民协会的工作是非常出色的，而其中党的坚强领导、党的崇高威信，又是起着决定作用的。上午 10 点左右，第一面饰有镰刀斧头的红旗在县政府门前旗杆上冉冉升起迎风飘扬，上万的农民暴动队队员用这面红旗，庄严地宣告了这次宜兴农民秋收暴动的胜利。

从 11 月 1 日上午占领县城，到 3 日上午撤离，整整两天两夜的时间里，我们镇压了四名罪大恶极者，捕捉和审判土豪劣绅 10 人，并当众烧毁借据、田契、租簿等，搜缴分散隐匿的县警和商团的枪支数十支，吓跑了伪县长。随即废除国民党反动县政府，宣布成立了红色政权宜兴县工农委员会，召开由农民暴动队队员为主体的群众大会和一些不同类型群众参加的会议，宣传了反对国民党反动统治，发起农民秋收暴动的方针和建立工农委员会政权等主张的重大意义，并发布了一封告全县人民书，提出"一切政权归工农委员会，没收大地主土地，分给贫苦工农"等六条施政纲领。还以宜兴县工农委员会的名义，向全国发了声讨蒋介石、号召推翻国民党反动统治的通电。

想做而且应该做的事情实在太多，但由于客观上时间短促，主观上又缺乏经验，没能更好地多做一些工作。比如，加强和扩大武装力量问题、处理和解决城市贫民问题、中小工商业问题、知识分子（中小学师生）问题等。此外，没有及时发动群众对隐匿在城内的伪县长加以搜捕，从而为敌人进行反扑留下了祸患。如果当时能对上述问题提出一些有针对性的解决办法，就能更好地巩固武装力量，发动和团结大多数的城市居民，进一步扩大政治影响。

宜兴农民秋收暴动得到了中共中央和中共江苏省委的高度重视和关注。11 月 2 日，中共江苏省委发出了"给宜兴的信"，对宜兴暴动表示"甚为欣慰"，并做了重要指示。11 月 4 日，中共中央关于宜兴农民暴动指示中共江苏省委："宜兴已起来，各县即应速起响应"，根据宜兴的经验，"省委必须派负责人去指导"。党的领导人瞿秋白、王若飞都在党中央刊物《布尔什维克》上发表文章，高度评价宜兴农民秋收暴动。

对这次宜兴农民秋收暴动，根据中央的指示，中共江苏省委和共青团江苏省委一开始就做了明确的分析和评估，这次起义即使能占领县城，也守不住县城，因为宜兴离国民党反动统治中心南京不过 100 多公里的路程，蒋介石一定不会容忍宜兴被我们长期占领，必然集中力量夺回县城。我们的行动方针，主要是通过占领县城打击国民党反动派的气焰，扩大政治影响，然后主动组织退却，撤离县城，挑选精干力量，转入苏浙皖边山区打游击，相机建立山区根据地。

按照既定方针，11 月 1 日占领县城后，暴动行动委员会就开始筹划退却之计。根据自愿原则和政治面貌暴露的程度，由暴动的指挥者和主要活动人员组成若干支游击队，由万益率领，到张渚山区开辟游击区，其余农民暴动队队员各回原地区，尽量隐蔽，避免不必要的牺牲。11 月 3 日清晨，万益率领一支约 160 人组成的基干游击队向张渚山区进发，段炎华、史砚芬和我分别化装返回上海，等候省委新的指示。

就在我们秘密撤离县城后，原本隐匿的商团和县警纷纷集合起来进行反扑，前两天还如丧家之犬躲藏起来的伪县长也露头活动了。反动派首先采取的措施就是调集力量，追击由万益率领向张渚山区转移的基干游击队。由于基干游击队是临时组建而成，武器不足，军事素养欠缺，而反动商团虽然战斗力不强，但毕竟有过一定的军事训练，两相比较，显然是敌强我弱，基干游击队在半路就被击溃了。同时，国民党反动派在宜兴全县也开始了大搜捕、大屠杀，一时间白色恐怖笼罩着全县，许多英勇的骨干力量和农民兄弟倒在血泊之中，万益就是在苏浙边界被捕后英勇就义的。因为宜兴的情况发生了急剧变化，返回上海后，省委决定不让我再回宜兴。

轰轰烈烈的宜兴农民暴动，沉重打击了国民党反动势力，使江南农民看到了自己组织起来的巨大力量，它为后来的革命斗争积累了宝贵的经验，培养了优秀的骨干。虽然暴动坚持了三天就被迫撤退了、失败了，但革命的烈火点燃，革命的浪潮迭起，革命的浩气长存，革命的影响深远。

丹阳秋收暴动[*]

管文蔚

八一南昌起义，打响了反击国民党反动派的第一枪。消息传来，我们受到极大鼓舞。大约在 1927 年 8 月中旬，我们接到了中共江苏省委发来的《关于组织行动委员会》的第 2 号通告，省委决定组织暴动行动委员会，加强对秋收暴动的领导。

8 月下旬，省委决定由我担任中共丹阳县委书记。之后不久，省委通知我到上海谈工作。在上海，王若飞代表省委与我谈话，他详细询问了丹阳一带的形势及当前的工作情况，然后向我传达党的八七会议的精神。他说，八七会议是党中央的一次非常重要的会议。中央开这次会，主要是为了总结大革命失败的经验教训，确定我们今后怎么办。他告诉我，现在党中央决定的总方针，是要搞武装起义，搞土地革

---

* 本文原题为《忆丹阳秋收暴动》，收录时做了适当修改。

命，刀对刀，枪对枪，坚决反抗国民党右派的屠杀政策。我们要有系统、有计划地在全国各地准备搞农民总暴动，推翻蒋介石的反革命政权。

王若飞交给我一份材料，我打开一看，是《中国共产党中央执行委员会告全党党员书》。王若飞对我说，这是八七会议通过的材料，回去以后要大力宣传和贯彻。最后，他郑重地向我交代任务说："你回去赶紧准备，丹阳这个地方必须暴动起来！搞一支农民武装，没收地主的土地，分给农民，在乡间建立我们自己的政权。你赶紧回去，时间很紧，不能拖！"

我一回到丹阳，就立即组织召开县委会议，传达了省委的意见，布置暴动工作。这下可把县委委员姜寄生、何霖等吓坏了，他们的家都在城内，姜寄生又是国民党县党部的委员，拿高薪，生活得很舒服。在县委开会研究组织暴动的计划时，他们坚决反对暴动的方针，争论得非常激烈。实际上他们是既得利益者，暴动起来对他们自己非常不利，因此才找种种"理由"来反对暴动。

我看这样下去，县委机关非常危险，不但不能完成上级交给我们的任务，反而有被出卖的可能。于是，我就和县委委员汤醒白、胡洪涛商量决定，把县委机关秘密转移到吴家桥地区，又把城里的支部重新调整了一下。暴动方针暂时不下达，动摇分子暂时不让他们参加会议。为了适应新的革命斗争需要，必须大大加强党的组织工作，尤其是秘密工作，一定要建立起坚固的能领导斗争的秘密领导机构。王若飞反复强调:"在新形势下,对内对外都必须提高警惕,特别是要防止党的动摇分子的叛变。我们绝不能掉以轻心。"

不久,在吕城乡下召开了第二次县委会议。会上,重新把省委指示精神做了传达,增补陈作范和姚润生两名农村人员为县委委员,领导成员的成分得到了改变。会议决定,坚决贯彻执行省委关于秋收暴动的指示,丹阳的所有跨党分子坚决退出国民党,不准去登记。公开提出打倒国民党的口号,没收一切地主的土地分给农民,暴动起来,组织武装,夺取县城。县委要求先在各支部做好思想准备工作,候省委关于秋收暴动的命令到达时,即部署行动。

会后,我们县委委员分别到各乡去做宣传组织工作。那时,农村长期受封建主义的压迫,农民的生活实在太苦了,对于我们的主张都能接受。因此,火种点到哪里,哪里就开始燃烧起来,工作的进展比较快。

我当时还比较幼稚,想法也相当天真,认为暴动起来了,第一步是杀土豪劣绅,第二步是杀国民党员,第三步就是把广大农民武装起来,成立苏维埃政权。至于许多对我们不利的因素,如农民还缺乏教育与训练,丹阳处于沪宁线上,江苏又是蒋介石的心腹要地,暴动后必然会遭到反动派军队的疯狂镇压,等等,考虑较少。

9月底,中共江苏省委做出了《江苏农民运动的计划》。这个计划分析了组织农民暴动的重要意义和有利条件,将江苏分为沪郊、松江、无锡、宜兴、丹阳、南京、崇明、扬州、盐城、淮阴、徐州、东海、蚌埠 13 个区，对各个区的情况和特点做了简明扼要的分析。对我们丹阳区，指出此地系江南江北交通之枢纽，搞起来后可以影响沪宁线交通，并联结大江南北的农运为一气。因此，应立即准备暴动。

为了做好暴动准备，我们想对十分反动的县长施加压力，迫使他把几个区的区长职位让出来，换上我们的人，以便工作开展顺利。有一次，县政府召开会议，我公开以县农民协会副会长兼秘书长的名义参加会议。县长原是常州的一个土豪劣绅，清末考过秀才，名落孙山，后来做过官，国民党吸纳他为党员。会上，我们为争几个区的区长位置，对县长施加压力。谁知，这家伙态度非常顽固，说什么也不肯让步。我将他臭骂一顿，他恼羞成怒，站起身来拂袖而去。我想，我们暴动起来，先要把他杀掉！但是我把事情想得太简单了，这个反动家伙回去后就立即秘密策划要对我下毒手。

10 月下旬，我接到省委派交通员专程送来的紧急指示，这是一份关于组织全省暴动计划的紧急决议案。省委指出：江苏党组织，自从遭到大破坏后，经过几个月的恢复整顿，工作进展很快，已经进入领导暴动的时期。自即日起，党的工作都应以准备或发展暴动为其重心。省委要求，利用蒋介石与汪精卫之间因"分赃"不均，在安徽境内发生武装冲突（即宁汉战争）的机会，立即开展暴动，具体时机可由各地单独决定，不必请示省委，以免贻误。我接到指示后，感到时间紧迫，就马上找汤醒白、陈作范等几个县委委员碰头，研究贯彻。

宜兴和无锡两地的暴动相继失败后，许多党的骨干成员被反动当局抓获并斩首，到处都笼罩在白色恐怖之中。11月17日，我们安排在丹阳县政府里的内线告诉我说："县长向省政府送了呈文，要求逮捕'共党要员'管文蔚，省政府已经批下来了。"随即，县里乡下到处贴有"通缉"我的布告。形势严峻，我只得边躲避边准备暴动工作。经历几番险境后，我化装成一个农民，于21日早上到达了上海。

我在上海和省委的联络点是商务印书馆办的尚公小学，校址在闸北宝山路，跟我联络的同志是束云遽，请他立即告诉省委，我就在附近找了一个小客栈住下。不久，省委王若飞就来到小客栈。我把丹阳的情况向他做了汇报，他指示我立即回去，把胡桥和里庄两处农民发动起来，进行抗租抗税，搜缴地主枪支，组织苏维埃政权，向附近区公所进攻，而后到山里建立根据地。

我接受省委指示后，就急匆匆潜回丹阳北乡的胡桥，组织召开县委会议，汤醒白、陈作范等均赶来参加。我将省委决定向他们做了传达，而后大家就商量部署行动。我们将附近的几个支部书记分配到各乡秘密活动，定期一致行动。

暴动当天，事机不密，区公所的主要人员逃遁一空，只抓住几个国民党乡长，开了个两三千人的斗争大会。大会宣布抗租抗税，成立苏维埃政府，群众情绪高涨。然而，胡桥离丹阳城只有 30 里，离镇江也只有七八十里，暴动刚起来，丹阳的保安队和镇江的驻军立即向我们扑来。由于参与暴动的农民既缺乏思想教育，又缺乏必要的组织训练，一听说大兵下来了，吓得几个小时就跑光了。

我们在暴动时缴到 20 支枪，敌人一来，还是寡不敌众，敌人追得很紧，我们二三十个人只好夜行昼伏。虽然农村回旋余地大，但没有经费，没有饭吃，还是立不住脚。

胡桥暴动失败后，我们转到金（坛）丹（阳）边境之里庄桥一带。总结胡桥暴动的经验教训，我们想暂时停止发起暴动，待准备工作做好后再行动。我将这意见报告省委，省委不同意，我们只好匆匆忙忙地又搞了一次千余人的暴动，结果还是很快就失败了。

丹阳的两次农民暴动，规模虽不如宜兴、无锡暴动那么大，但也有一定的影响。当时，党创办的刊物《江左农民》，创刊号社评《江南的农民暴动纪实》，其中讲到了丹阳农暴，并指出暴动"使得反动派寝食不安，手足无措"。《布尔什维克》第 4 期《江南农民大暴动之开始》一文，讲江南农民大暴动本身也是全国农民大暴动的一部分，这些暴动发生在"中国最强有力的豪绅资产阶级的大本营、发祥地——这就是江南"，更有其"特殊的意义"。

如泰五一起义[*]

刘瑞龙

1927 年下半年，继八一南昌起义之后，我党发起了以湘、鄂、赣、粤四省为中心的农民秋收起义，广州起义和江苏的无锡、宜兴、江阴、青浦、南汇、奉贤等地的农民起义，更加鼓舞了通海如泰地区人民的斗争意志。

同年秋，江苏省委下达了《江苏农民运动计划》，这个文件强调土地革命是中国革命的中心问题，指出农民革命在江苏仍有着极重要的位置，今后省委应分出一部分重要力量去整顿各县组织，发展农民运动；并明确提出了必须贯彻中央下达的暴动方针，组织秋收起义。江北特委根据这个文件的精神和省委指示，加快了本地区武装起义的准备工作。

1928 年 2 月，中共江苏省委派黄澄镜（化名张文采）、彭汉章两位同志从上海来到南通，向特委传达中央十一月扩

---

* 本文原标题为《忆如泰五一起义》，收录时做了适当修改。

大会议精神，并了解通海如泰等八县农民起义的准备情况。但不久，黄澄镜在东台被国民党反动派逮捕。

3月，中共江苏省委农委书记王若飞同志，从上海秘密来到南通。我当时是中共南通县委委员，县委机关设在堰头庙，邻近大生纺织副厂和通州师范，王若飞同志就住在这里。他在南通地区的短期活动，给同志们留下了深刻印象，对革命武装斗争起到了有力的推动作用。4月初，王若飞同志还亲自在如皋总商会一间空屋内，召集如皋县委及东西乡负责同志，讨论起义的准备工作，并做了具体指示。

4月30日，泰兴县委在刁家网苏醒村成立指挥部，正式竖起暴动的红旗，并举行了誓师大会。尹家垛、官柴厂、西楼家、三岔河、分界、沿河等地农民400多人，胸挂红布条，手执大刀、铁叉、土枪、木炮和缴获的七八支长短枪，纷纷到这里集会编队。沈毅同志在大会上宣布了党的指示和暴动命令，随即暴动队伍展开行动。暴动队伍浩浩荡荡拥向恶霸地主刁浦家，刁吓得闻风而逃，遂逮捕了通风报信的狗腿子何裕仁。

5月1日，暴动队伍在沈毅同志带领下，先是将龚家垛地主恶霸的狗腿子何裕仁处死，而后捣毁了官柴厂闻风而逃的大地主顾维之、顾实的巢穴，收缴了粮食和衣服。暴动队伍所到之处，歌声、口号不绝，红旗招展，锣声震天，沿途号召群众参加行动，队伍不断扩大，到达古溪、周庄时已近万人，把古溪敌人的"缉私队"和警察都吓跑了，把派出所捣毁后，农民分得很多粮食，大家觉得十分解气。随后两天，暴动队伍继续向钱家荡、三岔河、珊瑚庄等地行进，自发加入斗争的群众已达4万人，声势浩荡，影响极大。人们真正觉得申了冤、出了气、直了腰、抬了头。当时歌谣唱道：三月十二（即5月1日）放光烧，烧掉劣绅和土豪，何裕仁先开头一刀。

与此同时，如皋县委也在5月1日当天组织了农民暴动，重点是在西乡。为了确保暴动取得成功，采用了声东击西的战术手段。事先派叶青朝、陈希轩、张云飞等同志在东乡的江家园、上下漫灶、华丰等地同地主进行合法斗争，召开农民大会提出"二五减租"的要求，并宣传耕者有其田的主张，在各地散发传单、张贴标语，制造声势，把敌人的注意力引向了东乡。西乡起义的具体组织工作，由县委徐芳德同志负责。

5月1日，徐芳德带领一部分群众，首先进攻文武殿敌警察队的1个班，缴获部分武器。当晚，县委委员吴亚苏、苏德馨、汤士伦、顾仲起、王玉文等先后到达朝西庄，在广场上召集了3000多人的誓师大会，高呼"土地归农民""建立工农兵苏维埃"等口号，成立了暴动指挥部，徐芳德代表县委宣布"共产党领导的如皋农民起义开始了"！会后，暴动队伍编成四个大队，分南北两路，进攻江安、卢港等地的大地主庄园。南路约2000人，由徐芳德、苏德馨、汤士伦等同志率领，先后攻下东燕庄和北小庄，进展非常顺利。但在周庄头，却被大地主周伦如的保卫团所阻击，强攻几次无效后改为智取，即预伏一支精干的突击队于庄外麦田中，而其余队伍则唱着歌子佯作撤退，诱敌保卫团冲出圩子追击，我伏兵便乘机占领了周庄头敌人堡垒，佯作撤退的队伍又回头夹攻，全歼敌保卫团，缴获步枪、土枪、土炮等武器甚多，士气大振。北路约1000人，由王玉文、张兆山等同志指挥，打下了蒋家棣，烧毁了恶霸地主卢荫南的巢穴。

起义农民的武器十分缺乏，也是极原始的。但他们斗志昂扬，高兴地唱着："棒子棍头换步枪，洋油桶里放炮仗，单枝炮仗当步枪，连串炮仗当机枪，打得敌人都缴枪。"充分体现了农民的勇猛机智和英雄气概。

5月2日，与泰兴紧密呼应，如皋暴动队伍继续行动，扩大战果。黎明前，南北两路队伍在朝西庄会师后，又去周严墩小学召开大会，宣布成立如皋县苏维埃政府。当晚，暴动队伍在福兴庄集中编队后，又分头出击卢港、三十亩等地，烧毁大恶霸地主卢锡三、卢植斋的住宅。卢家庄地主与三十亩等地卢姓同族地主，连夜聚会密谋对策，他们一面派出狗腿子到我指挥部假装愿意缴枪，麻痹我方，一面引来国民党警察大队前来偷袭。当时司令部领导干部正在开会，因事先缺乏准备，被迫转移。苏德馨、王玉文等同志连夜分头前往上海，向省委请示汇报。顾仲起、吴亚苏、汤士伦等同志则去了南通。5月4日，暴动队伍又在徐芳德同志领导下于周严墩集合，烧毁地主周集甫、苏子光、邵子祥等人的巢穴。

在强大的农民暴动面前，国民党反动政府和土豪劣绅万分惊慌，赶忙纠集省保安队和各县警察大队以及其他反动力量进行疯狂反扑，残酷镇压暴动农民，仅如皋、泰县、泰兴三个县一次被杀的革命群众就多达八九百人。最终，由于敌我力量悬殊，如皋、泰兴农民暴动相继失败。为了保存革命力量，沈毅同志在耿家园召集会议，决定分散突围。

在白色恐怖笼罩下，公开斗争虽然暂时停下来了，但是隐蔽斗争仍在继续，特别是刑场上、法庭上，震响着革命战士的怒吼。许多党的优秀同志也因此献出了宝贵的生命。

6月15日，苏德馨同志在掘港被捕，后被押至如皋。面对敌人的威胁利诱，苏德馨同志坚贞不屈，并警告敌人说："共产党员骨头最硬，是不怕杀的，反动政权一定垮台，共产主义一定胜利！"7月8日，就义于如皋南门外小校场墙下。

6月25日，沈毅同志在泰州下河花家舍被捕，三天后在泰州大校场被敌人残忍杀害，就义时他高唱《国际歌》，高声呼喊："共产党万岁！"

张兆山同志，是一位年轻的党员，起义失败后一直坚持斗争，被捕后不幸遇害。

此外，还有周惠吾、许秀龙（许子云）等党外人士，同我党接触后，成了革命者，最后英勇牺牲，周惠如在就义时高呼："共产主义的战士是杀不完的！"

以如皋、泰兴为中心的五一农民暴动，是全国各地武装斗争的一个组成部分，是苏北农民在共产党领导下进行武装革命和组织工农政权的规模较大的一次尝试，虽然以失败告终，但是它有力地回击了国民党反动派对我党和革命人民的疯狂进攻，扩大了党在农民中的政治影响，在激烈的斗争中锻炼了干部和群众，对后续武装斗争的进一步发展起到了推动作用，也为建立工农红军准备了有利条件。

我在如皋五一暴动中

杭果人

1928年3月底4月初，王若飞来无锡视察工作时说，省委已决定调我到如皋去准备"红五月"暴动。于是，我和王若飞一起从无锡出发，经过江阴、靖江、南通到如皋。我化名张安志，担任如泰"红五月"农民暴动的指挥。

因为王若飞要去江阴了解当地的农民暴动组织准备情况，我要为如皋暴动向江阴借10条枪，所以我们就一起从无锡寨门出发，步行到江阴，到了后塍附近找到江阴的党的负责同志，谈妥在如皋暴动准备就绪后，由我亲自去江阴取枪，连人带枪一起带走，同去如皋参加暴动。

我们离开后塍，即到八圩港乘轮船去南通。在南通找到了当地党的负责同志了解了有关情况后，即乘私人经营的汽车去如皋，与县委取得联系，县委把我们送到如皋西南乡下。我和王若飞一起住了两天，把省委决定要发动"五月暴动"的指示告诉了当地干部。之后，我陪王若飞先到如皋，再去南通。到南通后，王若飞返回上海，我回如皋。

在如皋时，是苏德馨送我们上汽车站的。在国民党如皋县政府门前的大街上，突然与以前在无锡的陆士铨擦肩而过，双方在面对面时都未注意，擦肩走过时才发觉，因此双方都回头相顾。当时我告诉王若飞和苏德馨："要发生问题了。"他们问："为什么？"我边走边告诉他们："此人叫陆士铨，1927年在无锡时被我们斗争过。恐怕会有危险。"于是放快脚步去汽车站，到站时正好有辆小汽车，一看开车的是南通的一个同志，我们就上车走了，快速地离开了这个危险的地方。

从南通回到如皋时，才知道陆士铨在如皋任土地局局长，那天相遇后他就通知公安局派人去车站追捕。后来如皋暴动后苏德馨被捕，陆士铨做证说："苏德馨和杭果人一起去汽车站的。"因此，苏德馨很快就遇害了。

我到如皋后下乡准备"五月暴动"，这里的主要干部还是徐芳德等同志，了解到有组织的范围并不广，仅限于西南一角，只有20多个村子。我们约定泰兴方面同时发动，因为两地紧邻，可以相互照应。所以，我有时在泰兴地区，有时在如皋地区，两边跑，两地兼顾。泰兴的主要负责人叫沈毅，他做革命工作时，用传教士的身份做掩护。

根据暴动需要，我们几个负责同志决定，首先由我去江阴借枪借人。当时由于江阴、无锡等地都发生过暴动，所以反动当局防备十分严，住旅馆要检查。我是江南人，不会江北话，就叫一个老农同去，在靖江住夜时幸亏这个老农应付了警察的盘问，才没出什么纰漏。

第二天早晨就找民船过江准备去约定的地点，船开航后听得乘客议论纷纷，都说后塍地区被国民党一个师的军队包围了，在进行严密搜查。我听了心中一动，随手拿出两元银洋对船工说："我忘了东西，要回去，船钱照给。"船工就掉转船头，把我送回靖江一边，我空手而归。

枪的问题成为当时的主要问题，正在着急的时候，一天晚上县委派两个同志赶到乡下，讲了这样一则消息："国民党如皋县政府在上海购得盒子枪2打（24支），经口岸送到泰州。今日县政府总务科科长已去泰州，明日乘轮船运回如皋，并未带保卫人员。县委决定由乡下派人去轮船必由之路拦截劫枪。"

于是，大家决定拦截轮船，夺下这批枪支，并派南通师范的两个学生带手枪1支，连夜赶去泰州，争取和总务科科长同乘一班轮船，在船内监视他。我和徐芳德带10个农民、盒子枪1支，连夜赶往拦截地点。

决定之后，我们即按计划开始行动。我们沿着由如皋到泰州的河岸快速地向泰州方向行进。我和一个青年农民开道先行，盒子枪带在他身上，有子弹100发。走了10里光景，因徐芳德带的农民落在后面太远，我们就在河边坐下等他们赶上来，准备等他们来了再一起向前走。

不多时，岸上突然来了一个手持盒子枪的警察，问上哪里去，马上又来了两个徒手的抓住我搜身。这时我一看，我们休息的地方就在一个警察局前面，持枪警察去搜青年农民的身，农民立即拔枪开火，于是警察就跑回警察局里去了。我赶紧叫农民往回跑，沿河往回跑了半里光景，后面密集的步枪声响了，我们分两路跑，农民跑麦田，我走河边。

分路之后，我看到村后有一只罱河泥的船，我赶紧叫要过河，渡到对岸就向东南方向跑，一路上根本不曾有人问我的讯。离开村子后，我赶紧在麦田里乔装了一下，脱下长袍，赤了脚，打了一个包裹，一直往泰兴方向跑去。傍晚，走完了120里路，找到了我们在泰兴的关系。

徐芳德他们听到前面有枪声就往回跑，没有遇到危险。青年农民一直没有消息，直到新中国成立后朱明亚同志来无锡了解情况时谈到这件事，他知道青年农民被捕但未被杀害，他只承认自己是"强盗"，后来被释放了。

两个师范生去泰州隔天就回来了，他们说根本没有什么总务科科长在那里乘船，也许是我们的情报有误，也许是情况发生了变化。而且船到出事地点被严密搜查，带去的一支枪放在大茶壶里未被抄到。我们为了搞枪，反而失掉一支枪。

有枪要暴动，没有枪也要暴动，我们决定暴动日期为5月1日，省委意图是只要发动暴动就行了，省委派了个军事干部和我一起去如皋作为军事顾问。

如皋的暴动由北而南，暴动队伍经过地主庄园时就烧房子、抄家。大约走了 10 里路,最后到一个大地主的村庄,这个村庄四面环水,只有一桥相通,虽然千把人把村子围了,但无法冲过河去,只得隔河围着。

地主家却有不少枪,他们都站在房顶高呼:"你们来吧!你们来吧!"我们没有枪可开,他们却不时开枪。这个局面僵持久了对我们是无益的,我就通知大家撤退,一部分人先走,一路高唱《国际歌》。

一小时后,徐芳德赶回来说:"那个村子被我们打开了。"原来地主武装听到我们唱《国际歌》,就冲出来追击,却不料我们一部分人仍在麦田隐蔽着等候,敌人冲出来之后,他们就一跃而起冲进村子,一举抄了地主的家,抄到了好几个漆黑的元宝,以为它们是铅的,就抛到河里去了,只带回一个,刮去黑漆一看,原来是 60 两重的金元宝。

暴动结果是一哄而起,又一哄而散,经过总结,主要是犯了盲动主义错误。

王若飞与如泰五一农民暴动

黄逸峰

1928年2月，江苏省委农委书记王若飞建议省委派我到南通去，组织南通特委，由我任书记，并派彭汉章任特委军委书记。当时苏北各地党组织正发动农民暴动，反对国民党反动派的压迫和地主阶级的反攻倒算。泰兴、如皋县委要求省委批准他们的行动计划，并派人去指导工作。我和彭汉章就是省委派去的第一批干部。

出发前，我参加了省委扩大会议，听了省委书记邓中夏的形势报告和王若飞《关于江苏农民运动及部分地区准备武装起义》的报告。临行，王若飞和我单独谈话，讲了武装暴动的准备和战略战术问题，指出反流寇主义的重要性，要我们把工作扎根在农民群众之中，做好苏维埃建设工作，在南通等城市还要做好工农配合的工作。这年春节期间，我和彭汉章各带一支手枪到了南通，首先传达省委扩大会议决议，了解各地准备武装暴动情况，不急于组织特委，我先后到了如皋、泰县、泰兴、东台等地，当时如皋县委和国民党如皋县党部还未完全脱离，县委有几个负责人均兼任县党部工作，在我去如皋时才决定把已暴露的党团员从国民党县党部撤出来，县委迁至城郊。我在如皋城郊的一座庙里开过县委扩大会，讨论发动农民武装暴动问题。

在泰兴刁家网，我待了较长时间，帮助进行动员和编组赤卫队工作。泰兴县委书记沈毅要求在他们发动暴动后，如皋、泰县、东台都能响应，以牵制敌人的兵力，因此我即去东台动员。由于内部有人告密，不久我和东台的一部分同志被捕。

王若飞同志于1931年11月21日在内蒙古包头因叛徒出卖不幸被捕，在国民党的监狱里度过了近6年的铁窗生活。1937年5月，在中共中央北方局的营救下出狱并到了延安。1946年，王若飞与其他同志赴重庆就宪法、国民政府组成等同国民党谈判，4月8日乘飞机离开重庆返回延安。因天气原因，飞机中途迷失方向，不幸在山西省兴县黑茶山上撞山坠毁，王若飞年仅50岁。同机遇难的还有叶挺、秦邦宪、邓发、黄齐生等。没有料到，我离沪前与王若飞的谈话，竟是最后的会晤。

我在狱中听说，我被捕后，王若飞不辞劳苦，曾亲自到苏北检查和布置工作，积极推动开展武装斗争工作。那是3月底4月初，王若飞从上海经无锡，把省委决定调张安志（杭果人）到如皋准备暴动告知张安志本人，然后张安志随同王若飞来到江阴，与江阴县委商量借枪等事宜。

接着，他们过江经靖江首先来到南通，王若飞仔细了解南通学校、工厂和农村的情况，分析了当时的斗争局势，着重指出了武装斗争、土地革命和建设工农政权的重要性，指出要学会宣传发动群众，积极组织群众进行斗争，摧毁地主武装，建立农民武装，有准备地进行武装暴动，支援苏南和全国各地的革命斗争。而后，他来到如皋，在总商会内召集城乡负责干部会议，听取了各乡农运情况，与大家一起讨论了暴动计划，对于开展群众运动、准备武装暴动以及巩固和发展党组织等方面做了具体指示。在讨论中，有些同志对发动武装暴动思想有顾虑，认为"暴动便是暴露"，王若飞针对这种情绪，提醒大家注意当前严重的事实：广大工农群众正在日夜付出牺牲，只有采取特殊的强有力的反击，才能扑灭反革命的凶焰。

会议上又有人提出武装的问题，当时如皋一支枪也没有，王若飞指出，认为没有武器就不能运动的思想不对，并告诉大家，他已做了一些安排，除从南通调来两支枪外，还和江阴县委负责人茅学勤谈好借一部分枪给如皋，并叫派人去取。王若飞在如皋期间，还曾到如皋西乡去视察，会见了徐芳德、葛显功等西乡的党组织负责同志。

五一暴动失败后，王若飞在沪召集了撤退到仁海的王盈朝、苏德馨、吴亚苏、汤士伦等同志在唐山路源福里王盈朝住处开会，并总结农民起义的经验教训，讨论今后继续开展对敌人做斗争的问题。在听取了王盈朝等同志的汇报后，王若飞做了总结发言，他深刻地指出：主要在组织上和军事上，特别是在动员和组织群众方面，缺乏充分的准备，未能建立坚强的领导核心。领导同志缺乏军事斗争经验，没有严格的起义纪律，对敌人迅速调动兵力进攻暴动区估计不足，没有武装游击小组，与泰兴起义农民联系不够等。

最后王若飞传达了省委决定：在沪的同志一律回乡，重新整顿和建立战斗组织，继续组织农民进行武装斗争，用不断的武装斗争来反击国民党反动派的进攻，壮大自己的力量。王若飞同志在如泰指导农民暴动的指导思想和具体做法，符合斗争形势和当时情况。由于当时敌我力量悬殊，再加上当时"左"的路线的影响，暴动没有取得成功。但王若飞同志在这一带播下的革命火种一直在燃烧。

通东革命烽火

姜炳南

我的老家在南通县三益区三益乡（现海门区正余镇），地处黄海之滨。在这块历史悠久的土地上，大部分土地却集中在地主手里，穷人租种他们的土地，每千步田（约4亩）每年要交行租、坐租各20元，还要办酒请客、画押。遇到歉收年景行租不足，就从坐租中扣除，坐租扣光，地主就收田另找佃户。那时在农村流传着这样两句话："麦穗千千万，放下镰刀就讨饭"。

我父亲姜金德（又名姜老五），是一个老实淳朴的农民，租种着大地主俞兆岐2000步田，租钱重，产量又低，我们一家六口终年辛勤劳动仍得不到温饱，每到大年夜，我们只好提着篮子夹着棒头，冒着刺骨的寒风，分头到人家门前"说利市"、讨饭。过了正月半，我们就下海捉泥螺、挖螃蜞、打蒿草。由于生活困难，我父母含着热泪，将女儿翠香自小送给了人家。穷则思变，要革命，要翻身，我们通东广大劳动人民容易接受革命思想，就是这个道理。

1927 年上半年，俞海清受党的派遣，从上海大学回到余东家乡做开辟工作。年底，曾在南通唐家闸任工会组织部部长的共产党员唐楚云也回到了余中乡，积极从事革命活动，宣传革命主张，在积极分子中发展党员。韩铁心、聂洪纶、刘瑞龙、林子和等党的领导人，也相继来到通东，进一步发动群众，建立农民协会。从此，通东的革命烈火开始燃烧起来。

我于 1928 年 3 月 19 日由俞金秀、时茂江介绍入党。这天，时茂江和俞宝山通知我，晚上到杀老牛的季桃清家里"吃酒"，我按时到达后，又听说改在周永富家。吃酒是假，原来是要我参加党的秘密会议，我们静静地坐在一间小草屋里，在严肃的气氛中，俞海清拨亮了油盏，用低沉而有力的声音对我们说，我们穷人要翻身做主人，就要参加共产党，只有在共产党的领导下，才能最终打倒地主豪绅，打倒国民党。这天夜里，我和俞世岐、朱文宗、马锡其、仇学山等人一起宣誓加入了中国共产党，走上了革命道路。

1929 年 1 月 22 日，党组织开始领导年关斗争。根据群众要求，经党组织批准，决定拿恶霸地主俞兆岐、俞兆魁家开刀。我们的武装小组把这两个坏蛋逮捕后，召开 1000 多人参加的公审大会，宣判俞兆岐、俞兆魁死刑，没收全部财产、开仓赈济，将粮食全部分给了贫苦农民。许多农民分到粮食后高高兴兴地说："今年过年不要再讨饭了，黄豆磨豆腐,小麦蒸馒头,可以过一个快活年了。"到了正月底,估计群众分到的粮食都吃得差不多了,党组织决定乘胜前进,再次发动群众开展度春荒斗争。这次斗争先从党内部开始,家境富有的俞海清公开表示愿将家中的粮食全部拿出来分给农民,接着有的人也表态愿将家中余粮拿出来,党员同志都起到了带头作用。在分粮运动中,为了照顾大多数群众能分到粮食,规定不准用担挑,大多数人用淘箩装,后来被地主污蔑为"淘箩党"。

2月,县委在仇家园召开了有四五千人参加的群众大会,成立东乡工农兵苏维埃政府,会场上红旗招展,人声鼎沸。会议由聂洪纶主持,宣布唐楚云为东乡苏维埃政府主席,俞金秀为副主席。不久,在原来武装小组的基础上,成立三益、余中、余西、余东四个区武装小队,正式打起红军旗号,各武装小队的负责人分别为唐楚云、俞金秀、仇建忠、陈忠恒。

2月22日,一个经营小客车的人,名叫楚锦堂(绰号楚猫儿),特地从南通赶来报告说:"南通县国民党参议员、中央银行南通支行行长张季如,两三天内要从南通到三余公司来,并要求今后给他一辆红壳子轿车,在经营时给予方便。"唐楚云得到这个情报,立即命令姜金德带领一个武装小组,埋伏在货隆桥旧河口转弯处截击汽车;另一个组埋伏在河东,准备打敌人的增援,并反复交代了楚锦堂的容貌特征,以免在行动时搞错。26日上午10点多钟,一辆红壳子轿车果然朝三余方向开来，到达埋伏地点时，武装小组的同志倏地跳到大路当中把汽车截停，命令车上的人举起双手下车，搜遍了张季如和另一个人全身，什么东西也没有搜到，这时楚锦堂做了一个暗示，把藏在座位底下的两支盒子枪取了出来。张季如一贯为虎作伥，常替公司购买枪支弹药镇压群众，我们就把这个坏蛋枪毙掉了。

1929 年秋季，自称联军司令的海盗潘开务，因其兄潘开渠遭国民党暗算，部队被围歼，潘开渠本人亦被打死，他这支近千人的部队没有上钩，但长期活动在海上，吃蔬菜、喝淡水有困难，尤其是那些当兵的年龄都较大，思家心切，想到陆地上来。潘开务为了谋求出路，便和他的参谋长沈雨亭联名写信给我红军领导人，表示愿意接受共产党领导，改换门庭。他们差人给我送来一封信，我立即将信交给了区委负责人，区委及时向县委做了报告，县委同意派人接触。

唐楚云把这一任务交给汤茂林和我，我们根据约好的日期，乘摆渡船到大海边，按照联络暗号，我们先朝天连开三枪，同时升起两面红旗，这时对方随即升起红、黄、蓝、白、黑五色联军旗帜和红旗各一面，并立即放船来接应我们。我们登上船进了他们的大本营，潘、沈以礼相待，交谈中他们满口赞扬红军纪律好、得到老百姓拥护，咒骂国民党腐败不守信用，表示红军如能接收他们则愿意接受领导。我们看到他们有 1 挺高射机枪、2 门 60 毫米迫击炮、1 门 82

毫米迫击炮，步枪一律是汉阳造，武器要比我们强得多，觉得这支部队不错，只感到有一点不称心，就是当官的都有吸鸦片烟的恶习。临走时，他们送给我们许多自造的盒子枪子弹，并要求我们代买一些制造盒子枪零件用的钢板。我们返回后如实做了汇报，事后未得上级批准，后来这支部队投奔了陆兆林的野鸡部队。

1930年1月20日，按照计划收缴地主零星枪支，进一步扩大我们的武装力量。唐楚云、俞金秀率领时茂江、汤认贤两个武装小组，首先到汤家新园大地主汤耀宗家，事先由开小店的地下党员张兰裕侦察好，并有在汤家烧饭的李师傅做内线，我们到达汤耀宗宅边，李师傅轻轻地把门拉开一条缝，我们一拥而进，大喝一声"不许动！"乌黑的枪口一齐对准汤家弟兄六人，喝得醉醺醺的汤家父子在我们面前，乖乖地把4支步枪、2支盒子枪、1挺手提机枪交了出来。

按照行动计划，我们随即化装成跳狮子的，兴致勃勃地赶到二桥北边恶霸地主张子亭家，他们父子正在烧香点蜡烛忙着敬财神的时候，听到外面跳狮子的敲着锣进了场心，连忙把门打开，我们敲锣、挑担的留在门外，两对狮子（每对两人）摇头摆尾地跳了进去，一跨进堂屋内，四个人便拔出短枪，一下子把张家父子逮住，缴到了两支盒子枪和一些黄金。因张家父子一贯欺压群众，民愤极大，临走时把他们枪毙在堂屋内。在一片爆竹声中，我们趁热打铁用同样的办法，赶到张家宅北边，在地主姜维坤家又顺利地缴到 4 支步枪、2 支盒子枪。

在南部，由仇建忠、俞海清率领冯海海、李海贵、王广德两个组十五六个战士，在伸手不见五指的漆黑深夜，摸进八索镇国民党警察局，一声不响地把门岗解决后冲了进去。这些警察大吃大喝后，个个烂醉如泥地躺着睡大觉，待他们从梦中惊醒，已经成了俘虏，7 支步枪、1 支手枪、1 支盒子枪已到了我们战士手中。随后把这些俘虏集中在一起，由俞海清讲话："我们是红军，为穷人翻身打土豪劣绅和国民党，你们当警察的也是穷人出身，今后不要再给国民党卖命了，愿意当红军的我们欢迎，不愿意的，每人发给路费 5 块钱，让你们回家团聚。"这些警察大都是外地人，他们拿到了路费喜出望外地回家去了。

红军游击队收缴了一部分地主枪支，又从上海买到了一部分枪支弹药，实力大增，经省委批准，于 1930 年 2 月份，正式成立"中国工农红军江苏第一大队"，仇建忠为大队长，汤敬宗任副大队长，我是大队部直属排（警卫排）排长，后来改为第二师后，我任一营二连政治指导员。

1930 年 3 月 20 日夜，我军智取四杨、四甲坝敌据点，缴获大批武器后，于 28 日开到同心灶休整。夜里 9 点多钟，大地主、资本家曹三胖子撺掇恶霸地主徐晓廷带领民团七八十个团丁气势汹汹地向我们驻地扑来，拂晓时突然听到岗哨上打枪，部队连忙鸣哨紧急集合，打退了民团的三波进攻。上午9点多钟，省保一营余世梅的部队和三余大有晋公司的实业大队从南通乘汽车赶来，严甸南余部和汤家直、赵家湾的地主武装及包场施毓芬的民团共千余人也蜂拥而至。

面对众多敌人，我军迅速占领有利地形分头迎战，同时把东边的黄港桥板拆掉以阻止敌人前进，我们利用有利地形沉着应战，战斗从清晨直打到中午。大家肚皮唱起了"空城计"，当地群众煮了1000多斤茶米（即糯米）饭，杀了曹三胖子家5只大肥猪，将茶米饭捏成一个个饭团，烧熟的猪肉切成块蘸上盐，连同茶水，冒着呼啸的子弹送到红军指战员手中。同志们的斗志更加旺盛，坚持到下午3点多钟，一中队突然发起一个反冲锋，打死打伤敌军50多人。到晚上7点钟，我军吹起总反击的冲锋号，当我们冲到敌人阵地时却不见一点动静，原来敌人见白天啃不动我们，更怕夜战吃亏，全部悄悄地溜走了。

国民党南京当局见革命烈火越烧越旺，便先后调来了正规军熊式辉的第五师一个团、第二十五军三十五师两个团和钱大钧的第二十军一部，省保余世梅营和严甸南部、南通县大队数千人，在地主武装配合下，向我通海如泰地区进行反复"围剿"，并在各重要集镇都安下了据点。这时，我红军受"左"倾路线影响，不顾敌我力量悬殊，强攻凤凰桥等重要据点屡遭失利，我二师师长秦超以及俞海清、唐楚云等主要领导人相继牺牲，人员大减，红军力量受到很大损失。

　　至 1930 年 7 月，第一营、第三营合并为一个营，部队已不到 200 人，在一片白色恐怖笼罩之下，我红军不得不埋藏枪支，人员分散隐蔽，通东地区轰轰烈烈的革命运动暂时转入低潮。

围攻老虎庄

张爱萍

老虎庄，原名老户庄，是苏北敌人在如皋城西南的一个大据点，群众和红军都称它为老虎庄。1930年4月，中国工农红军第十四军在这里进行了一次英勇的战斗。

大革命失败后，苏北地区像全国其他各地一样，遭受到国民党反动派和地主豪绅的血腥镇压。但是，当地人民在党的江苏省委和通如靖泰（南通、如皋、靖江、泰兴）区特委的领导下，一直没有放弃与反动派的斗争。1928年，如皋人民在共产党员王玉文、于咸等同志的领导下，以一支枪三发子弹起家，展开了游击战争。同一时期，泰兴、泰县、靖江和南通、启东、海门等地的人民也广泛地组织起游击战争。革命游击战争的烽火，燃遍了广大的苏北地区。1929年冬，在工农革命委员会和地方赤卫队的基础上，成立了中国工农红军第十四军，下辖2个师，有近2000人。

1930 年 4 月，为了把如皋的东西两片游击区连接起来，党的通如靖泰区特委决定，由我们红一师去攻打老虎庄。于是，各村的农民赤卫队和少年先锋队纷纷扛着梭镖、拿起刀、矛、锄头，在绣有镰刀、锤头图案的红旗引导下，聚集起一两万人，他们兴高采烈地摇动着红旗、高喊着口号，欢呼声震天动地。我们大队的战士，清一色的红头巾，当军长兼师长何坤、师政委黎时中动员讲话后，响起了雷鸣般的口号声："不怕牺牲，坚决拿下老虎庄！""活捉大土豪张朝汉！"趁着夜色，部队在红旗引导下，沿着乡村小路，向老虎庄进发。

半夜过后，部队到达老虎庄。大土豪张朝汉及他的保卫团团部，还有省保安队一个中队都驻在这里，其兵力虽不是很多，但老虎庄地形复杂，三面围河，只是东面有一条通路，易守不易攻。根据军首长战前的部署，一大队从东面进攻，我所在的二大队在其左侧，从庄的东南角渡围河，直取保卫团的团部。三大队配合赤卫队从西面佯攻，并负责打援。

正当部队沿着一片开阔的麦地，弯着腰悄悄地向围河边运动时，突然，"砰砰砰"几声枪响，敌人率先开火了。接着，四面八方像过年放鞭炮似的，响起了激烈的枪声。赤卫队齐声呐喊，围攻老虎庄的战斗开始了。为了快速渡过围河，我们把稻草、高粱秆、门板等都丢到河里，这样可以辅助大家过河。霎时间，水面上出现了一条黑黑的通路。

副大队长曹玉彬大喊一声："活捉大土豪的时候到了！"第一个跳下去，带领第一梯队向对岸冲击。四中队指导员何扬带领部队紧跟着冲了上去。困守岸边碉堡的敌人发现有人群渡河，集中火力向这边猛烈射击。

我带领第二梯队，趴在围河边麦田的土坎子上观察情况，按照事先协同信号，只要第一梯队在河对岸一出现，我们第二梯队就立刻冲过去。可是看了很久，河对岸一个人影也没有。这时，一道黑影从河里爬了回来，然后一个接一个地往岸上爬。我急忙制止道："不能退！不能退！"

一些人回答说："河水太深，过不去呀！"

我来不及想别的，把匣子枪一挥，向第二梯队大声喊道："同志们！不管这条河有多深，必须冲过去，五中队跟我来。"

敌人的枪声更紧了，密集的子弹嗖嗖地在我们身边乱飞。我们不顾一切地扒着浮在河面上的稻草往前冲，可是越往前水越深，还没到河中心，水就淹没了胸口。

看到无法过河，何扬气得说："打下老虎庄，老子非得把这河填平了不可！"

同志们还在拼命跟河水搏斗，有的激昂地高喊："冲啊！哪怕淹死也要漂过去！"

正在这时，听见曹副大队长喊道："老张，老张，水太深，不行啊。"我站在深深的河水里，心想难道就这样退回去不成？可是，看到战士们前行非常艰难，有的钻到水里就冒不出来了，觉得这样蛮干也不行，只能造成无谓的牺牲，于是向曹副大队长喊道："好吧，暂时退下去再说。"

敌人发现我们没有过河，枪声也渐渐地稀疏下来。我立即召集曹玉彬和何扬研究过河的办法，最终决定从各中队挑选会泅水的战士，先从村西南角泅水过去，占领对岸，然后掩护主力过河。"张大队长在啥子地方？"忽然听到一个熟悉的四川口音从黑暗中传来，师政委黎时中来了，他是个沉静而谨慎的人。他听完我的汇报后，用安慰的口吻对我们说："你们攻击没成功，不要着急，我们再想办法，老虎庄是一定能打下来的。"接着告诉我们，一大队三四次也没攻上去，一大队队长老戈负了重伤，决定把二大队、三大队调到一大队攻击的方向，集中兵力、火力突击一点，西面和南面由赤卫队佯攻牵制敌人。

我们大队很快转移到一大队攻击的方向，军长何坤把我们召集到路旁一个小土地庙后边，部署新的进攻方案，他握紧拳头，宣誓般地说："老虎庄就是铜墙铁壁，我们也要把它打开！"任务部署完毕后，何军长抓过一支手提机枪，手一挥，喊道："二大队的同志们，跟我冲！"便带头向前冲去。紧接着，黎政委也挥枪大喊："共产党员们，勇敢地冲啊！我们一定要打下老虎庄！"二大队冲在最前，三大队、一大队紧随后，还有拿着刀、矛、锄头、土枪的赤卫队队员，潮水般地向老虎庄涌去，只见无数的锄头、刀、矛闪闪发亮，猛烈的枪声，夹杂着鼓角、军号声和冲杀的呼喊声，震动山河。

这时，碉堡里的敌人疯狂地向我们射击，前边有的同志倒下了，后边的同志不但没有恐惧，反而冲得更勇敢了。经过激烈奋战，终于占领了老虎庄东头的晒谷场。

天大亮后，我们被敌人的机枪压制在晒谷场，前进受阻。其实，只要再冲过几十米的一段开阔地，就可以占领村东头一片民房，敌人也就完了。可是战士们冲上去倒了，再冲上去又倒了，敌人碉堡里的火力压制了我们。

正当我们在想办法派人去烧敌人的碉堡时，何军长拿着手提机枪跑来，他两眼愤怒地望着敌人的碉堡对我说："老张，让我来对付这些狗娘养的，我们要赶快解决这里的敌人，一旦如皋城内的敌人出来就不好办了。"说着他让我蹲下，踩着我的肩膀，一纵身就跳上稻草堆，露出半截身子，用手提机枪对敌人的碉堡猛烈扫射，敌人的机枪马上哑火了。何军长站在我肩头上大声喊道："共产党员们，冲啊！"

战士们见何军长把敌人的火力压下去了，纷纷跳起来向前冲去。突然，我感到肩头一晃，何军长从上边倒了下来，我以为他是没站稳掉下来了，连忙去扶他，只见他一只手按着胸口，血像涌泉一样顺着指头缝往外流。

"军长，军长！"我抱住他连声呼唤。

他把手提机枪交给我，艰难而又坚决地说："打，快打，打碉堡上的敌人……不要管我！……"

我不肯放下他，紧紧抱着他的头，大声喊叫卫生员过来为他包扎伤口。

他脸色苍白，眼睛眯缝着推我，艰难地说："冲……冲呀！一定攻下老……虎……"话没说完，头就歪倒在我的怀里。

何坤是湖南人，原名李维森，黄埔军校毕业生，1929年冬天和曹玉彬一同由上海党组织派来红十四军。他是我们敬爱的同志，他的牺牲更加激起了我们对敌人的仇恨。

敌人的机枪又响了。我一把抓过那支手提机枪，愤恨地喊道："同志们，为我们军长报仇啊！"复仇的火，愤怒的火，在每个同志心里燃烧。大家冒着敌人的枪弹，奋不顾身地向反动地主的巢穴冲去。

红军对老虎庄的进攻，震惊了如皋城内的敌人。正当我们冲进老虎庄与最后顽抗的守敌进行白刃格斗的时候，援敌已经赶到，为保存有生力量，我们被迫撤出了战斗。

1936 年 6 月，为悼念敬爱的何坤同志，我写下了这首诗。

悼念何坤军长

通如靖泰义揭竿，工农武装掌政权。

老虎庄头争战烈，军长指向率当先。

无情弹丸玉山倾，一腔碧血透衣衫。
庆功酒酣酒亦苦，捷报声频声愈黯。
何期长诀痛心底，丹心永昭苏北原。

吴窑农民暴动[*]

鹿卓继　鹿世金

1929 年秋，中共江苏省委先后两次给中共铜山县委发出指示信，指出："加紧秋收斗争的发动，是当前全党中心之一，铜山县委应特别注意"，"党应领导一切日常斗争，发展深入于土地革命"。根据省委指示精神，县委经过多次研究，决定以基础较好的铜山地区作为开展秋收斗争的中心区，并由鹿世昭负责。经过数月的宣传发动和周密计划，于 1930 年 7 月 23 日，在铜山东北的吴窑举行了农民暴动。

鹿世昭等同志接受组织暴动任务后，积极进行各项准备工作。经调查研究，鹿世昭等同志将暴动地点选择在铜山地区吴窑，因为吴窑周围的农民多系佃农，长期受地主压迫剥削，生活苦不堪言，对地主阶级怀有刻骨仇恨，对土地革命需求迫切，而且这一地区在 1927 年前就建立了共产党组织，

---

　　[*] 本文原标题为《吴窑农民暴动亲历记》，收录时做了适当修改。

开展革命斗争，有较好的群众基础。同时，发动群众筹粮借款。

县行委几名同志，日夜奔波于吴窑周围的十多个村庄，利用"飞行集会"进行讲演，散发传单，揭露国民党反动派和地主的罪行，动员群众联合起来，反抗国民党反动统治，打倒地主豪绅。当时还编了一首歌谣：

> 我们红军救穷人，
>
> 打倒地主杀豪绅。
>
> 谁家无粮来分粮，
>
> 谁家无地来分地。

这样，就极大地鼓舞了群众斗志，要求参加暴动的农民越来越多。一时间，造成了暴动的浩大声势。

为搞好吴窑暴动，县行委先后召开四次会议。第一次在野场村（吴窑村正南）腊条行里召开，会上中共徐海蚌特委委员、共青团徐海蚌特委书记万众一介绍全国各地暴动情况，动员到会者积极投入吴窑暴动；第二次在吴窑村西松树林里举行，会议主要统一大家思想和行动；第三次在鹿卓继家举行，主要是检查暴动具体工作准备情况；第四次在鹿世昭家召开，主要是讨论制订暴动计划，研究进攻路线等。

吴窑是国民党乡公所所在地，庄内有十多户地主，他们都有自己的保家武装，为防暴动，四面筑有围墙、碉堡，戒备森严，若要硬攻硬打困难较大。恰巧这时国民党乡公所的一个头目杨怀山刚刚死去，县行委商定以"吊丧"名义，采取突然袭击的办法一举占领吴窑。

7月23日下午，100多名暴动队队员，装着吊丧的样子，暗中携带土枪土炮、口袋等向吴窑进发，岗哨听说是前来吊丧，未加盘查就放大家进去了。进村后兵分两路，一路由鹿卓继带领攻打北门，留一部分队员埋伏在村北小路两旁；一路由鹿世昭带领攻打西门。

由于暴动是"秘密准备，突然袭击"，又以吊丧为名进村，国民党乡公所及地主毫无防备，负责攻打北门的鹿卓继带领队员一举占领敌乡公所及保卫团的碉堡，顺利地缴获了他们的全部枪支（共十余支）；接着冲进地主恶霸鹿国继、鹿继惠、鹿良继等家里，迅速夺取他们十余支枪。负责攻打西门的鹿世昭带队员直奔地主鹿世新家里，这家伙见势不妙，夺门西逃，鹿世昭紧追到村西头的水井沿，当准备开枪时不慎滑倒，两发子弹打在地上，鹿世新趁机逃跑。

地主鹿金唐是杀人不眨眼的刽子手，他曾一夜打死7个农民，血债累累，群众对他恨之入骨。暴动队队员冲进他家后，他佯装投降上楼取枪，当枪一到手，立即向暴动队队员开枪，当场打伤一名队员，后又趁机逃跑。

黄昏时，在塔山开会的敌乡长鹿世任还不知道这里发生的事情，他不慌不忙地骑着毛驴向吴窑北门走来，正在悠然自得时，鹿卓继突然开枪，一枪打中了他的腰部，鹿世任仓皇逃跑，两天后死去。

吴窑暴动成功后，队员和贫苦农民分地主的粮食，烧地主的地契，当晚暴动队伍撤出吴窑。次日，鹿世昭带领队员向王闸口、石庄坪、泉河、罗家坪一带活动。

国民党铜山县政府得知吴窑农民暴动，极为恐慌，恨之入骨，当即派宪兵队与地主武装保卫团、"连庄会"勾结在一起，共有几百人进行疯狂反扑，在吴窑周围村庄到处"清剿"，因敌众我寡，力量悬殊，暴动遂告失败。

国民党铜山县当局并没有因把暴动镇压下去而罢休，还到处张贴布告，悬赏捉拿暴动总指挥鹿世昭及其他暴动骨干。他们抓不到人，就抄暴动队队员的家，残酷殴打暴动队队员的家属。总指挥鹿世昭的妻子当时刚生小孩三个月，被抓来严刑拷打，惨无人道的地主婆竟抱起鹿世昭年仅三个月的小儿子向墙上猛摔，摔死后又用刀劈。

数月后，鹿世昭和暴动队队员魏家治秘密潜回吴窑，听说暴动失败后，家中两次被抄，小儿子又被活活摔死，心情十分沉重。但他并没有想去为自己报仇，而想的是贫苦大众的解放，决心重整旗鼓，誓与敌人斗争到底。为避敌耳目，他和魏家治转到附近的马山村开展活动。

1931 年 2 月 23 日夜半时分，因坏人告密，县大队、宪兵队和地主鹿国继的保家队将鹿世昭和魏家治住的院子团团围住，放火烧了他俩住的草房。鹿世昭和魏家治翻身下床向外冲，门被反锁。在这危急时刻，鹿世昭机智地从门框洞口跳出去，在一堆乱石后边隐蔽下来，然后一边开枪还击，一边往外突围。魏家治当场牺牲。鹿世昭英勇抵抗，多处负伤，子弹打光后，他用石头把枪砸烂，壮烈牺牲。凶残的敌人将鹿世昭的头和手脚用铡刀铡下，尸体浇上汽油烧掉，接着又把首级先挂在吴窑西门上示众，后又移到塔山示众，长达7日之久。

英雄牺牲了，但他那刚毅顽强的精神、威武不屈的形象，深深地留在铜山人民的心中。

为了纪念英雄鹿世昭，紫庄乡政府于1950年将烈士遗骨迁到牺牲地点马山村西山最高处，并在那里建立了一座墓碑，刻着两行醒目的大字：

活在劳动群众热烈心头上　活得光荣

死于封建地主残酷锋镝下　死得壮烈

旧州暴动[*]

余耀海

　　旧州曾是国民党反动派统治江苏的重镇，地处邳县、睢宁两县交界处，东半街属邳县四区管辖，西半街属睢宁七区管辖，这里设有国民党区、镇公所和周围乡练的反动武装，长期受压迫、受剥削的劳动人民，满腔怒火，一触即发。1930 年 7 月 9 日，在中共江苏省委和徐海蚌特委（行委）的领导下，由中共邳县县委书记王树璜指挥，举行了震惊徐海的旧州暴动。

　　1930 年 4 月 6 日，中共徐海蚌特委发出《红五月的工作计划》，指出"反动统治日趋崩溃，革命高潮日益成熟"，要求扩大宿州、泗州、邳县、宿迁、海州等地农民斗争，坚决领导武装起义，转变至游击战争，在农村中打击地主豪绅及区公所、区党部等；同时指出："各县的城市及中心乡镇，

---

　　* 本文原标题为《震惊徐海的旧州暴动》，收录时做了适当修改。

在 4 月 26 日前必须举行两次飞行集会，为暴动做舆论准备"。邳县特委要求各区委、支部利用集市搞集会或游行示威，支援外地工人、学生和农民运动，反抗土豪劣绅。

4 月底，我和共产党员许文藻、武广春化装成农民，带领进步青年和一部分学生在古那附近的八岔路镇组织飞行集会，对群众开展宣传活动。我在一个说书场上负责散发宣传单，宣传共产党的主张；许文藻在街头巷尾贴宣传单，号召群众起来"打倒土豪劣绅""打倒顽固派"，鼓舞了群众的斗志。

7 月 6 日，中共邳县县委在旧州北边岠山顶的古庙里召开扩大会议。参加会议人员为来自旧州周围的炮车、八岔路、占城、石桥、大王庄、土山、许党、窑湾、张集等村镇和学校的师生 200 多人，大都是党员和战斗骨干。会议开了一天，传达了上级关于组织武装暴动的指示。大家反复讨论有关暴动的条件、地点和时间等问题，认为邳县农民运动蓬勃开展，农会会员已发展到 3000 余人，倾向共产党的农民武装 2000 余人，有快枪 200 支、土枪 500 支、土炮 270 门，由党领导的武装可组织二三百人的游击队，暴动条件已经成熟。

会议还传达了中共中央政治局会议通过的《新的革命高潮与一省或几省的首先胜利》的决议，认真研究了特委关于立即组织武装暴动的指示，并成立了行动委员会，由县委书记王树璜任总指挥，行委下设军事部、政治部，军事部负责人吴广春，政治部负责人石岐山、王书楼。暴动队伍组成3个大队，原定于7月7日在旧州北边的土山镇举行暴动，因连降暴雨雨势较大，加上土山的反动势力较强，计划未能实现。

8日，县委立即连夜召开会议，讨论改变暴动地点，决定暴动改在旧州，旧州周围党员多，群众基础好，敌人力量比较薄弱，会议决定于7月9日拂晓，队伍分三路进攻旧州。第一路由王恒大、石岐山指挥，从东门进去，抢占制高点，攻打镇公所；第二路由我、张渠川指挥，由北门进入，攻打公安分局，并阻击睢宁方向可能增援的敌人；第三路由周存朴、董秀生指挥，从西门进入，攻打区公所。为了不让敌人事先发觉，队伍要化装进城，做好伪装和隐蔽，上午10点钟，以枪声为令同时行动。暴动成功后，建立以岠山为中心的根据地。

7月9日拂晓，参加暴动的300多名队员化装进城，用短枪的束在腰间，使长枪的放在土车上用草盖着或捆在柴草里伪装起来，按预定计划三三两两分路进城，向各暴动点集结，等待张瑞年、乔庆环发出振奋人心的暴动枪声。为什么枪声不由总指挥王树璜发出呢？这是预先研究好的，因为暴动骨干张瑞年、乔庆环与敌区长芦印堂、区队长杜西山是亲戚和同学关系，他们利用这一关系先打进敌区公所，拖住敌人头子，采用擒敌先擒王的办法，待机发出信号，里应外合一举攻占区公所。但是，8点左右，50多名暴动队队员来到区公所门前，引起敌哨兵的怀疑，敌哨兵立即跑到院内向敌区队长报告，区队长下令驱散，"如不滚开就开枪打死"。危急时刻，暴动队队员许文藻一个箭步冲上前去，抢夺敌人枪支，敌拼命挣扎，用牙咬住许文藻的手指不放，另一名队员手疾眼快，一枪将敌击毙，而后向区公所院内冲去。正在同张瑞年、乔庆环聊天的区长、区队长听到枪声，慌忙从房里向外跑，乔庆环手疾眼快，把芦印堂挂在墙上的手枪摘下，对准芦印堂开了两枪，没有打中要害部位，狡猾的芦印堂倒地装死，等暴动队队员冲过去后，就拖着受伤的腿逃跑了。

枪声就是命令。负责攻打镇公所的队员知道暴动提前了，便直冲镇公所。这时，只有镇队长一人在家，其余的人出去吃早饭尚未回来，队员枪口对准他，开展政治攻势："我们是红军，快缴枪投降，顽抗死路一条。"镇队长为了保命，便乖乖地把13支枪和所有弹药交了出来。攻下镇公所后，队伍迅速转向区公所，与攻打区公所的队员会合。可是，从枪口漏网的敌区长芦印堂，跑出去叫他的叔叔芦修德立即带兵增援，又令号兵鸣号，住在西街的睢宁县七区保安队听到枪声和号声，赶忙派1个连的兵力直向区公所扑来，我们担任阻击的同志因缺乏武器弹药，加上没有战斗经验，被敌人打散。

我们被敌人包围后，进行巷战，三次都没突围出去，在敌强我弱的情况下只得边打边撤。当时退路被堵住，前边被截击，情况十分危急，这时暴动总指挥王树璜已壮烈牺牲，大队长张渠川果断命令："同志们，从街上突围过不去了，跟我从房顶上冲过去。"说着一个个跳上房顶翻越过去，占领区公所东南角中炮楼。到了中炮楼，石岐山已带领队员抢占据守在那里。疯狂的敌人蜂拥而来，一下子把这个炮楼围得水泄不通，保安队从正面进攻，敌乡练、土匪武装从两侧夹击。此时三面受敌，一面是水，情势险恶。暴动队队员虽然处于十分危险的境地，但仍然顽强死守，打退了敌人多次进攻。气急败坏的敌人使出毒计，用棉花、干柴浇煤油一把火将炮楼点燃，英勇顽强的暴动队队员，临危不惧，从中炮楼旁边的房顶迅速撤到结构坚固的马号炮楼，把鲜红的党旗又插在炮楼的顶端，继续坚持战斗，石岐山带领 30 多人一边唱着《国际歌》一边组织战斗。

夜幕降临，暴动队队员子弹打光了，唯一的办法还是突围，许多队员趁黑夜降临从楼上跳下突围，有的腿摔伤了，有的被敌人抓住。就在这时，前来增援的农民武装赶到，原来是突围出去的张渠川、冯大文很快跑到许党村，找到了负责这次暴动联络工作的李士品，三人分头联络部分党员和群众武装，集中百余条步枪和一挺手提式机枪，火速赶到马号炮楼增援解围。敌人听到震耳的杀声枪声，见我们的援军赶到，便慌不择路地撤退下去。半夜时分，坚守在马号炮楼的英雄们告别了英勇牺牲的烈士的遗体，扛着党旗从东门突围成功。

当夜，暴动队队员撤到离旧州 20 里的岠山顶峰。第二天，周围群众看到岠山最高峰插上红旗，便知道暴动队伍已经上山，冒着生命危险主动送饭上山。可是敌人得知暴动队队员在山上活动的情况，又纠集邳县四区保安中队、睢宁七区区队等一批反动武装围攻岠山，不知我方虚实，蜷缩在山脚下乱喊乱叫，并不敢向山上进攻。在这种情况下，暴动队的部分同志认为敌人不敢攻上来，轻敌麻痹，没有及时撤离，转入地下活动。敌人摸清了我方实情后便从西、南、北三面向山上围攻，由于敌我兵力悬殊，坚持到最后的几十位同志才勉强从东北角突围出来。暴动队队员突围后，国民党邳县、睢宁县政府在周围村庄大搜捕，不少队员、党员惨遭杀害。

旧州暴动牺牲了一批优秀共产党员。县委书记兼总指挥王树璜等许多同志壮烈牺牲。县委委员、政治部指挥石岐山和暴动骨干赵安易在暴动次日由于叛徒告密，不幸被捕，敌人对其严刑拷打均毫无所获。11 日上午，敌人把石、赵两位同志押到镇西头火神庙准备杀害。正在这时，国民党邳县县长马振帮从邱城赶来，又把石岐山、赵安易带回旧州的山西会馆审讯，先是笑脸相迎，然后以金钱诱惑并好言劝慰，妄图获取党的重要情报，但得到的只是无情的愤骂和斥责，反动派暴跳如雷，假仁假义的笑脸再也掩盖不了豺狼的真面目了，把他们押到圮桥杀害。石岐山同志在现场大声疾呼："我虽然只有 23 岁，是为穷苦百姓解放而死，我死无所憾，你们杀了我们，还有千百万活着的穷苦人、共产党员会替我们报仇的。"说完和赵安易一起高呼"中国共产党万岁!"慷慨就义。其精神气贯长虹，先烈的名字永远在徐州人民心中。

旧州暴动虽然失败了，但推进了革命运动的发展，锻炼了一批革命同志，为土地革命战争在这一地区发展奠定了基础。这一地区在抗日战争中是我淮北区党委、邳睢铜地委和淮北军区、邳睢铜军分区领导人民开展抗日斗争的活动中心和所在地，也是邳睢铜坚持敌后抗日游击战的根据地。

新昌农民起义

盛爱娟　盛有才　张万福　梁木生

1927 年和 1928 年，新昌连年大旱。国民党政府不仅不开仓济贫，反而搞起什么土地陈报，成立土地陈报处，重新丈量田地，清查人丁，增加苛捐杂税，把本来已十分贫穷的新昌农民进一步逼到了死亡线上。

正当此时，常在外地经商的一些白术、茶叶商贩，从江西带回了共产党领导农民起来造反打倒土豪劣绅的消息。青年张万成听了这些消息，动了革命的念头。

1929 年初夏，张万成和本村贫苦农民张独根、张保江、张官火等在自家堂屋里谈论土地陈报，越谈论越义愤填膺，都觉得这样下去农民只有死路一条了，同时对江西共产党闹革命的消息感到非常受鼓舞。

张保江说："如果有人带头，我们也干脆反了！"

张万成说："要反，这是件大事，还得去江西探个究竟，看看人家怎么个搞法，回来再议起义大计。"

于是张万成穿着草鞋、背起雨伞，离家前往江西。到达江西省玉山县后，他耳闻目睹了共产党领导红军，武装群众，打土豪分田地，建立工农政府，心里豁然开朗，懂得了农民要翻身，就要开展武装斗争，便立即返回新昌。

7月中旬，张万成召集了几个骨干，秘密召开会议，介绍了江西之行的见闻，决定秘密串联邻近乡村的农民骨干。会后，送出"片子"（通知），于9月上旬又在法官庙举行会议，确定了各片的负责人，大家一致公推张万成为首领，并确定在白王殿集会，宣布造反。

张万成要率众造反的消息像干柴中点起的烈火，一下子在烟山一带几十个村庄引起了轰动，农民近千人参加白王殿集会。那天，张万成因脚生疮，行路不方便，下洲农民便用小轿把他抬到白王殿。大家都表示要听他的招呼，一些年岁大一点的农民更是拥护他道："万成，万成，万事成功！"

会上，大家一致拥戴张万成为起义首领，并推举梁志坚、梁福钱、梁相标、张独根四人为副首领。张万成号召说："土地陈报是反动政府进一步剥削、压榨农民的毒辣手段，不反掉土地陈报，农民就没有活路。"并定于9月18日起事。

9月18日，天刚蒙蒙亮，下洲村龙岩井响起了急促的锣声，下洲、石门坑、风岩山等村的农民背着马刀、大钩刀、锄头，也有少数人背着破旧的"老套筒"，迅速聚集到龙岩井，队伍前面竖着一面大旗，上书"众心不服"四个大字，以抗争的行动表达了自己对受压迫剥削的强烈不满。

张万成站在台阶上对着数百名起义农民做了动员讲话，庄严宣布："只拆地主屋，不伤老百姓。"说完就带着起义队伍冲上韩妃岭，直逼袁家村，一鼓作气捣毁地主陈某的房屋；接着到蔡家湾村，砸毁地主盛某的房屋；中午在后谢村，又拆毁地主盛金照的房屋。

起义农民一路前进，夷平了平时作威作福、欺压农民的地主劣绅的房子，沿途农民拍手称快蜂起响应，有的村烧了茶水、打着"大家欢迎"的小旗沿途欢迎，有的村还敲起大锣吆喝："16岁以上60岁以下的村民一律参加……"许多农民背起锄头、棍棒，打着三角形小旗，纷纷参加起义队伍。到下午，起义农民到达下塘村道南小学时，人数已达数千人，声势十分浩大，非常振奋人心。

道南是南区的政治、文化中心，也是烟山的土顽势力的据点，国民党道南区分部也设在这里，地主、党棍经常在这里聚会。起义农民包围了这个"据点"。

张万成、梁志坚、梁相标等首领登上了学校旁边的屋顶，对着大路上、山坡上情绪激昂的农民发表演说："国民党搞土地陈报，鸡要鸡捐、猪要猪税，我们农民还能活吗？我们要活命，只有打倒财主，反掉土地陈报……"起义的农民听了他们的演说后，气愤极了，一把火烧掉国民党道南区分部。当天晚上，起义农民又缴了下宅村土豪杨朵的六支毛瑟枪。

农民起义的烈火吓坏了烟山的土顽势力，一些地主连夜逃往新昌县城向反动县长李鹏告急。李鹏慌了手脚，立即向省保安处求援。省保安处处长电令驻上虞县百官的保安六团派兵镇压，团长章培急命驻嵊县第一营营长蒋伯范亲率一个连官兵，星夜经澄潭、镜岭向烟山地区扑去。

　　同天上午，数千起义农民在大宅里村聚集，开始了起义以来第二天的行动。大宅里有个地主叫梁品珍，清晨他看到起义农民向大宅里扑来，就带着两个儿子，暗藏短枪逃到大岩前躲了起来。梁品珍想通过与张万成谈判，以保住他的家产，遭到了张万成的严词拒绝。起义农民爬上梁家屋顶，七手八脚扒掉瓦片，连前墙后檐也推倒了。

　　接着，暴动农民到樟花、中宅、前陈等村，将斗争的锋芒直指地主豪绅。就在这时，保安队官兵也到达了练使岭下面的一个小村，他们慑于农民暴动的声势，不敢贸然进犯，在练使岭下足足等候了两个小时后，才一面胡乱开枪、一面畏畏缩缩地向岭上爬去。

　　这时，张万成、梁志坚等首领正在白王殿开会，商量下一步的行动计划，起义农民正在吃晚饭。由于农民起义队伍组织不严，没有警戒，又未经过专门训练，当突然听到枪声一时乱了阵脚，队伍很快就被冲垮了。梁福钱不幸被俘，敌人还逮捕了几十名参加起义的农民。

　　第二天，敌人在新市场枪杀了梁福钱，在韩妃桥头枪杀了下洲农民张德祥，县政府贴出告示"悬赏通缉"张万成等六人。地主恶霸又神气起来了，他们纠集一伙歹徒拆掉了张万成家的房子，一时白色恐怖又笼罩了整个烟山。

暴动失败后，张万成带了一批农民骨干上了万年山，待机再起。张万成还活着的消息，又使烟山一带的地主慌了手脚，他们害怕张万成复仇，日夜提心吊胆；带头拆了张万成房子的盛金照等人更是惶惶不可终日，为了保命，他在地主武装的保护下，逃到儒岙天姥寺躲了起来。

1930年10月18日，张万成在万年山麻车住地得到农民张福宝送来的消息，说盛金照在侄子结婚时准备从天姥寺到后谢村吃喜酒。

为了狠狠打击烟山地主势力的反动气焰，为死难农民报仇，当晚张万成带了三位精干的农民弟兄，暗藏短枪，冒着大雨，连夜到后谢村。半夜，他们趁着夜色掩护，迅速接近盛家宅门口，解除了站岗团丁的武装，进入盛家。

这时，盛金照吃完喜酒，送走了贺喜的客人，正在西厢房楼下搓麻将，张万成摸到西厢房的窗前，隔着窗帘一枪结果了盛金照。一时间，整个盛家鬼哭狼嚎乱作一团，张万成等人趁着混乱离开了后谢村。

为了躲避反动派的追捕，张万成投奔到嵊县、新昌、奉化三县交界处的"大老虎"部。1931年夏，"大老虎"在省保安队和嵊、新、奉三县地主团练联合"围剿"下兵败投降。张万成被迫返回万年山坚持斗争。

张万成回到万年山不久，新昌县县长改换花样，派代表与张万成谈判，说只要张万成投诚，答应让他当连长。这时候，日本帝国主义已经侵占了东北三省，全国人民要求抗日的呼声日益强烈。张万成为图抗日救国，与新昌县政府达成改编义军的协议，张万成被委任为招兵委员。张万成与几个农民弟兄商议，利用招兵委员的合法身份，招收人马，秘密组织抗日义勇救国军。他经常往返县城与烟山之间，宣传抗日救国的道理，联络先前的农民义军，准备一旦时机成熟，重竖旗帜，抗日救国。

1932年3月，浙江保安处处长竺鸣涛来新昌视察，烟山一带地主士绅联名密告张万成"私制符号，招兵买马，图谋不轨"。在竺鸣涛的授意下，国民党新昌县当局趁张万成来县城领军饷时，逮捕了张万成。9月2日，张万成被枪杀在县城北门外，时年25岁。

杨通海与仙居起义

杨云苏

杨老海，谱名杨通海，他读过书，颇讲江湖义气，爱打抱不平。他在黄岩、温州等地结识了一帮朋友，他们每人都有一支武装，都有枪。

1928 年和 1929 年接连遭大灾，山里人都靠捋树叶、挖野菜度日，生活十分艰难。国民党政府捐税名目本来就很多，这时又搞土地陈报，强迫农民对山、塘、田、地等自行陈报登记，然后进行全面丈量，以亩为单位，每亩收取"手续费"0.2 元，每块超过 1 亩的累进收费，不足 1 亩的按块计费，即便只有 1 厘、1 毫地也要缴纳"手续费"0.2 元。所谓土地陈报，无非是巧立名目，对老百姓进行剥削。对此，老百姓怨声载道。

老海也学黄岩、温州朋友的样，开始组织武装，在上岙、后塘、连头、大加、朱溪等地拉起十三四个人，我也在内。这年冬天，温州等地的农民纷纷起来反对财主、反对官府，开了地主的粮仓分给贫苦百姓，把官府派来的官兵打败并缴了枪，听说这是共产党发动的。

老海的朋友老徐、老潘来到老海家，他们同老海讲，温州已经由共产党把他们组织成红军了，红军就是为穷人打天下的，就是要打倒反动派，救老百姓于水火之中的。他们叫老海也抓紧发展力量，然后同他们联络。这样，老海就布置各村的朋友把要好的人都团结起来，越多越好。没过多长时间，参加的就有百把人，成为一支不小的力量。

西乡有个朱福真，因在永嘉参加过红军，带着十多个人在仙居、永嘉、黄岩三县交界处逃避国民党追捕，也到上吞来找老海联络。这样，我们南乡就有130余人的力量。但此时还没有什么明确的名称和目的，也没有人进行专门的组织和领导，没有提出什么主张来，只是说："国民党政府如再来丈量土地、催粮，我们就把他赶出去。"

1930年3月初，温州的老徐、老潘又来到老海家，叫老海到黄皮章山去，说是来了红军领导人，要编队，老徐、老潘还说他俩还要到黄岩去通知。老海约我和云章同去黄皮章山，到那里时人很多，大部分是温州来的。

老徐、老潘同我们讲，红军领导人胡公冕也来了，要成立红军指挥部，他俩还把老海和我们三人带去见胡公冕，胡公冕对我们讲了许多闹革命的道理，还讲明这次来这里参加的都属浙南红军指挥部的部队，叫我们要服从命令听指挥。还说，我们成立红军的目的，是要打倒封建势力，打倒土豪劣绅，推翻国民党，不能扰乱老百姓；要遵守纪律，有大事听通知集中，平时在当地与国民党做斗争。

回来过了不久，临海括苍山里的程文槎和程小俄来到老海家，说他们临海农民成立了"中国安民军"，已经组织起来以武力反对国民党搞土地陈报，力量已经很强，为了打败国民党调来的部队，叫老海出兵援助。老海表示同意，并同朱福真联系，朱福真也同意带人一道去。我们这支队伍到临海西乡后，与当地的"中国安民军"相配合，在张家渡、望洋店、里程等地同国民党军队打了好多场胜仗，阵势和影响进一步扩大。到 4 月，临海的负责人程文槎牺牲后，我们就撤回仙居，但仍在家乡继续坚持斗争。

我们从临海回来后，临海反对土地陈报的武装力量已被国民党军队打败，程小俄接替程文槎带了几十个人来到我们仙居县南乡住在龙皇塘，朱福真也把人带回朱家岸，我们经常相互联系。这时，国民党又来南乡搞土地陈报，催缴田粮，农民意见纷纷。老海就发动农民起来反抗，反对土地陈报，得到百姓拥护，报名参加反抗斗争的人很多。老海就叫林文寿、陈由寒、姚小英等大胆发动，把愿意参加的人都组织起来，不久在岭梅、大洪一带就组织了两个连的人，上张、姚岸那边也组织起两个连的人，朱福真在柯思和寺前发动参加的人很多，程小俄回到临海黄沙发动响应的人也很多。经过一个多月的串联发动，这一带农民都普遍地发动起来了。

老海对我们说，党叫我们发动武装起义，准备攻打仙居县城，推翻国民党县政府，建立共产党政权。过了几日，温州的老徐、老潘、老戴又来联系，也叫老海发动起义夺取政权。有他们支持，老海就更加大胆积极，大家情绪更高了。

队伍集中活动的时间多起来了，骨干就有几十人，要吃饭，经济来源困难，老海就决定到城里南门把全县有名的大财主王老盼抓来要他拿钱，要来了千把块银圆，不单解决了费用，老海的名气也大了。老海、福真与小俄商量，决定在农历闰六月初攻打县城，为此他又到温州、黄岩找老潘、老戴联系，他们表示带人前来配合。

月底的一天，老海发出通知，叫各方力量到塔木岭十方堂寺院集中，来了1000多人，带着火枪、大刀、田狗叉等武器，温州的老潘和黄岩的老戴也带来了100多人。队伍集中后召开大会，老海讲话说："我们反对土地陈报，是反对国民党加重农民负担，我们要齐心协力打进县城，把国民党政府推翻，由共产党当家做主，让老百姓安居乐业。"还宣布我们只打国民党、打土豪劣绅，不准骚扰平民百姓。这时，程小俄在临海黄沙发动起来的约200人也赶到断桥，总人数不下2000人。我们的队伍与温州、黄岩来的队伍及程小俄的队伍进行了分工，决定分头攻打县城。

当天半夜，我们的队伍就向县城进发，举着"打倒国民党""打倒土豪劣绅""反对土地陈报"等大小红旗，每人都发一条红布条做标记，天还未亮就占领了县东岭的山头。

程小俄的队伍武器好，大部分是洋枪，驻扎在县东岭塔山，防止国民党临海方向的部队前来增援；其余的都去攻城，但城墙很高，又有护城河，国民党兵守在城头关起城门，没法攻进去，刚开始战斗，我们就牺牲了一名红旗手。到了第二天中午，国民党驻扎在临海的部队开来了，同时西乡保卫团也来了，我们两面受击，武器又差，只好撤退回来。

这次战斗，打死国民党方面七八个人，我们的人也死了好多。攻城失败后，农民都回家去了，只是骨干分子仍集中活动。老海把骨干集中起来坚持斗争，表示等准备好了再去打。后来，国民党调来大量兵力来"围剿"，为了保存实力，我们就分散隐蔽，敌人扑了空，恼羞成怒把村里的一些房屋给烧了。

后来，老海把仅有的家产全部卖光，资助受害的村民，自己到外地隐蔽。

莲花心村农民起义

蔡宝祥

1928 年上半年，温州一带都是荒年歉收，每亩田收不起几斤谷。财主的田租，国民党的粮税，把农民身上的血汗都榨光了。种田人没有饭吃，人人满腔愤恨。当时，温州市郊区莲花心村的农民，在共产党的领导下，曾成功进行了一次闹粮库的起义，围攻国民党的粮库，并将粮食全部分给农民。

莲花心村在温州市郊区西南面，村中 50 多户贫农赤贫如洗，替人当雇工。在大革命时期，中共温州独立支部就派人到这一带活动。1927 年下半年，莲花心附近的上桥、下桥一带开始成立秘密农会，并建立党的组织。

1928 年 3 月的一天，我家来了两个陌生人，一男一女，像农村年轻夫妻走亲戚那样。前一天上桥的共产党员岩姆通知我："要领一个人到你处。让他住在莲花心山上，那里比较清静，你要好好照顾他。"我清理好屋内杂物，正在七等八等，心里直纳闷：怎么还没有来？那对青年男女一到，我是一边高兴，一边细问，仔细一看，那男的是慈湖的老曹；女的面生，不认识，到了内屋，那女的把头巾一拿下，把耳朵上的丁香也取下来，脱掉衣服，原来是一个男子扮的。

经老曹介绍，原来这人就是中共永嘉中心县委的王国桢，他已被国民党"通缉"，反动派派人到处追捕他，他才往莲花心转移。王国桢来了后就住在我家的茅屋里，这里是莲花心的西边，比较偏僻安静，后门门外是山，地形条件比较有利，一有情况就可以向山上跑。他昼伏夜出，在这附近的翁埔垟、新桥、砀岙一带进行宣传活动，领导农民组织秘密农会，并且发展党员，建立党组织，开展农民运动。

王国桢不断对我进行教育，使我的心更加亮堂，我逐步懂得穷人为什么穷，地主为什么富，穷人如何翻身，共产党是什么党，共产主义是什么样子……

一天，王国桢亲切地跟我说："宝祥，现在世事很不公平，我们穷人太吃亏。有人要把我们组织起来，和国民党干，你有没有胆量参加？"

我说："有人领导，我拼着命干，怕什么，头掉了不过碗大个疤。"

又有一次，王国桢对我风趣地说："参加党不是为了嘴有饭吃，还要准备肚皮吃子弹，你怕不怕？"

我斩钉截铁地说："要革命，不怕死！"

就在那年的一天夜晚，莲花心七条穷苦出身的汉子举行了入党仪式，由王国桢、李振声介绍，在暗淡的菜油灯光下，我和其他几个同志握着拳头，向壁上挂着的一面纸做的党旗宣誓："入了党，不变心，为实现共产主义奋斗到底。"

宣誓后，王国桢对我们说："入党后，什么事都要走在前面。要为人民，不能为自己，吃苦的事要带头。"后来，又讲了党的纪律。这一夜，我们七个人回到家，兴奋得都没有睡着。从此莲花心成立了党支部，领导群众进一步和敌人开展斗争。群众有了组织，斗争开展得有声有色。

在离莲花心村十多里的下寅，有一个国民党的粮库。外面的农民饿得嗷嗷待哺，可这粮仓里满满的都是谷子却不赈济饥民。这粒粒谷子，都是农民辛苦流汗换来的，农民却吃不上。面对粮库，大家激愤的心情就像是冬天的干柴，一点火马上就会猛烈地燃烧起来。

王国桢觉得这是发动农民起义的好机会，绝不能错过。他召开党员会议，研究部署了起义的计划。

5月的一天，在王国桢领导下，我们组织了附近几个村子的农民2000多人，拿着扁担、挑着竹箩，拥向下寅粮库，准备抢夺敌人的粮食，周济饥饿的群众。

我们叫妇女们打头阵，先到那里，向仓库的职员和警察诉苦，有的说："我们家中米缸都空了，没有一粒米。"

有的说："招粮仓里的米给我们度度饥荒吧！"那些警察不但不理，还端起枪吓唬这些妇女。

妇女们故意大喊起来："你们开枪吧！反正我们没有饭

吃，也要饿死。"

正在吵吵嚷嚷的时候，我和几个党员带着几百个农民一拥而上，大家喊着："怎么？不粜米，还要开枪，欺负妇女？""反正要饿死，把这些坏蛋打了再说。"就借口动起手来，你一拳、我一脚，把几个警察都打跑了。

一个农民用大石头砸开了粮库的仓门，大家冲进去搬的搬挑的挑，把所有谷子都挑光了。后来，国民党虽然派了反动军队来追查和镇压群众，但我们几个带头的人都隐蔽上山去了，分到谷子的人家也都躲藏了。敌人恼羞成怒，抓住新桥农会会长何中杀害了，并杀害了好几个无辜农民。

这次行动之后，王国桢对大家说："反动派手中有枪，我们手里也要有枪。没有枪，就要吃亏，革命也不能胜利。只有走以革命的武装反对反革命的武装这条路，没有别的路可走。"他决定带领大家想办法夺得枪支来武装自己。

1929 年上半年，莲花心村和西溪一带的农民联合起来，由王国桢带领到瑞安县梅头警察所去缴枪。那天夜里，几只小船载着几十个农民，从翁埠垟划到梅头，趁着夜深人静，大家上了岸悄悄地向警察所走去。只见哨兵靠在门口墙上抱着枪打瞌睡，王国桢悄悄靠近前去，突然用手枪顶住那哨兵的后背："不许动！你喊就要你的命！"那哨兵举起双手乖乖地被缴了枪，接着农民一声喊就冲了进去，有的拿着木棍，有的端着扫帚柄当枪，高喊："缴枪不杀！"那些警察从梦中惊醒，分不清是枪还是扫帚，只见满屋子都是农民，个个吓得跪地求饶，就这样顺利地缴了七八支枪。

有了武器，农民胆子更足了，我们就在碧莲和桥下关一带发展武装，组织农民赤卫队，和国民党军进行斗争。当时造成了很大的影响，并很快流传开了这样一首歌谣："小岙儿，打刀枪，吓死上河乡。穷人勿怕，财主慌张。"

1929 年 10 月间，上级派柴水香（化名陈文杰）来浙南地区组织农民武装，进行土地革命。他对乡亲们讲："跟反动派斗，不但要组织起来，还要有武装，手中没有枪，就打败不了敌人。"从此，他就住在莲花心，并到附近的桐岭脚、上河乡一带发动群众，组织农民赤卫队。

当时，在莲花心南面塘河上的桥边有个警察所，驻着警察 20 余人，经常出来骚扰群众、抓捕革命同志，对莲花心农民武装威胁甚大。

一天晚上，陈文杰召集几十人，研究如何拔掉新桥警察所并处死叛徒朱岩柳。次日晚上，集中了 200 多个农民，手拿长矛，趁着黑夜直奔新桥，那么多农民一冲，全所警察很快被缴了枪，警长被陈文杰一枪打死。农民队伍又跑到阳岙朱岩柳家，处死了这个叛徒。国民党反动派调兵来镇压，莲花心和新桥一带三四百人的农民赤卫队，在陈文杰和王国桢领导下全部脱产上了革命的"梁山"。

这支队伍先驻扎在瑞安和慈湖交界的永峰山，后来和永嘉、瑞安的部分赤卫队合并，整编成立了 1 个大队，下分 3 个中队，队伍发展到 500 多人。

一天清早，东方未白，敌人前来偷袭，地主武装保卫团分数路来包围，因当时哨兵不当心被打死了，等敌人冲到临近时赤卫队还在歇息。枪声一响，大家忙着拿枪向外跑，但已经迟了，整个寺庙已经被敌人包围。在陈文杰指挥下，队员们英勇奋战，大部分突围出去了，有部分同志为掩护部队撤退英勇牺牲。大队长张维来本来已经冲出来了，他想到党员名册和经济账本还在里边，就又重新跑回寺里，结果被敌人抓住了，后来在温州华盖山壮烈牺牲。

　　后来，这支赤卫队由陈文杰带领到了永嘉县菇溪，和石溪一带的农民赤卫队合并，成为红十三军中一支有名的精悍善战的连队——第三营第九连。这个连队不仅作战英勇，而且纪律好、团结好，一直作为军部的直属部队。

岱山盐渔民起义[*]

岱山盐渔民起义[*]

金信钿

　　1936 年初，岱山盐民有了自己的组织，即岱山盐业生产运销信用合作社，其社务由组成的理事会处理，冯天宝任理事会主席，郑赐琨任秘书，活动地点定在郑赐琨家中。当时掌管岱山盐务、统治盐民的机关是岱山场公署和秤放局，在两浙盐务总署管辖下，控制着岱山盐场全部产盐的运销和税收。场长缪光兼任秤放局局长和盐警队队长，盐民叫他"缪大头"，自上任以来，与岱山土豪劣绅、地主老财紧紧地勾结在一起，残酷地剥削压迫盐民，生活极度奢侈。

　　1935 年下半年，国民党政府增加盐税，颁发了"渔盐变色"和"产盐归堆"的反动命令。以缪光为首的岱山秤放局，一面强迫盐民用红粉拌白盐（每百斤拌四两），作为渔盐标志；一面勒令盐民把每天生产的盐在下午三四点钟之

* 本文原标题为《岱山盐渔民闹起义》，收录时做了适当修改。

前挑到指定地点集中归堆，逾时不收，又不许隔夜、留放在家里。下午三四点正是晒盐的好时光，但为了赶上归堆时间盐民只好提早收盐，这样不但费工夫，而且大大缩短了晒盐时间，必然降低产量影响生计。为此，盐民苦苦哀求，并派人交涉，而盐务当局却置之不理，逼得盐民不断起来反抗。缪光一伙为了镇压盐民，调集了大批盐警，以东沙角秤放局为大本营，角角落落布满了盐警哨卡，凡是遇到挑白盐的盐民就要抓，并以偷漏"国税"罪名惩处；即便是拌了红的，如果拌得淡一些，也要勒令重拌，或没收充公，甚至关押、吊打盐民，弄得盐民叫苦连天、怨声载道。而缪光为了肥自己的腰包，又想出了"钉牌照"的办法，强迫盐民重新登记盐板，规定每块盐板必须交大洋 1 元，才发给"牌号"，始承认官板，否则不许开晒。之后，又规定每块盐板每年必须向五属公廒交盐 300 斤。一道道法令，像一条条绳索，死死地套在盐民的脖子上，使广大盐民喘不过气来。

1936 年仲夏，岱衢洋大黄鱼旺发，本岛及奉化、象山、台州、山东、江苏、福建等地几千只大小渔船，四五万渔民云集渔场追捕黄鱼。自从白盐拌红之后，用红盐加工的鱼货既不好吃又不好看，而且容易腐烂，价格大减，不仅使广大渔民饱受其害，给鱼商鱼贩也带来了严重损害。过去渔船配盐与盐民直接交易，盐民随叫随到，便于出海，而今配盐手续繁杂，好多渔船往往是迟了一刻而导致误了一天生产。盐警在秤放过程中又横加挑剔，把盐民挑来的盐随便说什么

"欠红""不红"，勒令退回或重新拌红，有时还要没收充公。秤放局还经常以查私盐为名封锁港口，使大批渔船眼睁睁误了潮时，急得渔民跺脚直骂满腔怒火。为此，渔民编了首歌谣："缪大头，肚皮大，喝干盐民的血，吃饱渔民的肉，有朝一日天翻脸，抽他的筋来剥他的皮。"针对这一情况，黄国光、冯天宝、郑赐琨等人研究对策，商讨反对"渔盐变色"的办法。他们以盐业合作社的名义向岱山场公署、秤放局提出了义正词严的要求，而岱山场公署及秤放局无视广大盐民的强烈反对和正义要求，扬言在 7 月底之前全面实行归堆，激起广大盐民更大的不满和反抗，大家说："与其饿死，不如拼死！""团结起来与秤放局拼！"这些口号迅速传播开来，盐场上掀起了强烈的反抗风暴。

1936 年 7 月 10 日，黄国光、冯天宝等当机立断，决定抓住这一斗争的有利时机，由盐业合作社出面，发动全岱山盐民扛板罢晒，与国民党反动政府及其盐务当局进行针锋相对的斗争。当天晚上，由黄国光主持秘密召开了盐业合作社理事会紧急会议，商讨扛板罢晒的具体办法。

次日一早，又在桥头资福寺召集各乡各分社主席及小组长以上骨干分子部署"扛板罢晒"的具体行动。那天，恰逢缪光坐着轿子，带着一批盐警与工程师贝某去宫门勘察盐仓围地，看见盐民成群结队去资福寺开会，便拿定主意，在宫门吃了中饭，坐着轿子前呼后拥来到资福寺阻止盐民开会。盐民一见缪光，顿时火冒三丈，长期积压的怒火一下子喷涌而出，齐声说："抓住他，抓住他！"缪光见势不妙拔腿便逃。盐业合作社当天晚上又召开紧急理事会议，决定通知各乡各分社派出理事会分头集会，立即行动。12日，全岱山盐民鸣锣扛板一齐罢晒，大家争先恐后把开晒的盐板一块块扛拢重叠起来，并打开溜碗放掉卤水，还纵火烧掉溜草，顿时扛板烧草形成燎原之势。

但黄国光、冯天宝意识到斗争十分复杂，要取得斗争胜利还须联合广大渔民共同参加斗争。于是组织盐民、渔民联合大会，组织游行请愿向秤放局示威，各地3000余名盐民集会扛板罢晒。在群情激愤的大会上，冯天宝登台讲话，揭露了盐务当局的种种罪行，提出了反对拌红、反对归堆、反对提高盐价的斗争目标和办法，并号召渔民、盐民万众一心坚持斗争，不达目的决不开晒。接着，几千名盐民、渔民群众结成请愿队伍，喊着口号，浩浩荡荡向东沙角行进，当队伍行至龙眼时，与前来镇压盐渔民开会的盐警相遇，并立即冲突起来，盐警先持枪拦截，接着又鸣枪恫吓，大家毫不畏惧奋力反抗，并向盐警夺枪，凶恶的盐警就开枪射击群众，大家一面抢救遇难兄弟，一面继续与盐警搏斗。盐警见寡不敌众向秤放局逃遁，群众同仇敌忾奋力追击，一齐赶到东沙角围住了秤放局。

渔民、盐民集结东沙角，如兵临城下，气得缪光暴跳如雷。但缪光以为盐渔民聚众不会很久，只要外围救兵一到就会转危为安，于是他一不答应盐民、渔民的合理要求，二不交出杀人盐警，而且恃强武力令盐警就地据守，不让群众向秤放局靠拢。几千名赤手空拳的群众只好聚集在邵家山上高呼口号，伺机向秤放局逼近。这时，停泊在东沙角一带的外地渔民也前来助战，一群奉化渔民先赶到念母石的玄坛庙向驻守在庙里的盐警夺枪，十多个盐警措手不及被渔民打死，还有两个盐警落荒逃命也被盐民追上打死。渔民缴获了十多支步枪，疾奔东沙角攻打秤放局，"缪大头滚出来，打死人要抵命!"的口号声此起彼伏。同时，一队队的盐民、渔民把守着东沙角的每条街道和弄堂，不使缪大头逃跑。下午3点光景，盐民、渔民向秤放局发起了火力进攻，一群强悍的渔民凭借少量武器几次向秤放局冲去，虽然遭到不小伤亡，但终于冲到了秤放局门前的空地上。盐警队被迫退进局内，关起大门，凭借高大的围墙和铁窗向外射击，盐民、渔民几次越墙都未能攻入，直到天黑之后仍聚集不散继续攻打。此时，秤放局已是四面楚歌，处于广大群众的重重包围之中，前无救兵、后无援军。分驻各地的盐警早已闻风丧胆、龟缩一团，都不敢来送死，东沙角督察所怕殃及自身，也装聋作哑不予过问。

秤放局内的缪光惶急万分无计可施，只好勒令死守，并请求电灯公司关闭电灯，妄图在黑夜中拖延时间。但群众并不退却，坚持连夜继续攻打，从近处背来几十把柴草在秤放局门口燃烧起来，把着火的柴薪塞进窗口，再用汽油喷洒，顿时秤放局内冒出浓浓黑烟，燃起熊熊大火。盐警队无法据守，只好退到了后幢内堂，大家乘机攻入院内，大声叫着："缪大头滚出来，再不出来就要烤焦了！"同时把火势引向后幢，盐警虽然还在顽抗，但看到群众声势浩大，吓得早已溃不成军。缪光早就躲进了后堂，当前幢起火之时，他惊恐万状，躲进厕所，直到三更时分才从后门逃出，从大岭墩山脚下逃到汤悦卿家中。盐民、渔民连夜追踪，包围了汤家，并警告汤氏说："如不交出缪光，将全部房屋同秤放局一样烧掉。"汤氏怕引火烧身故不敢继续窝藏。

7月14日拂晓，缪光头戴凉帽、身穿蓑衣，扮作拾泥螺的，从汤家后门钻出，妄图窜到江窑湖找船外逃。他刚踏上海涂，就被监视在那里的群众发觉并跟踪，到了老鹰山嘴，群众已确认无疑，就大声喊道："缪大头在这里，快来捉呀！"顿时，喊声四起，众盐民背着钉耙、铁锹飞奔而来，吓得缪光在泥泞的海涂上没头乱窜，但已被群众团团围住成了"瓮中之鳖"。他自知无法逃脱，就跪倒在泥涂上叩头求饶，承认以前都是他自己不好，请求大家饶他一次，以后什么事情都照大家意见办；接着又从裤裆里摸出一大沓钞票散给群众，并表示愿将全部财产充公。愤怒的群众哪里听他这些鬼话，纷纷上来抓他，缪光计穷力竭掏出手枪开枪，愤怒的群众，劈倒了缪光，将缪光尸体投入了大海。

岱山盐民、渔民起义事件震惊全国各地，各界报刊纷纷登载。

萧山农民斗争

郁子祥

1927 年初，中国共产党在萧山的活动很活跃。2 月，北伐军光复杭州，在革命的胜利形势鼓舞下，全县人民革命热情高涨，3 月成立了中国共产党萧山地方党部，不久又先后成立了县总工会、县农民协会，全县迅速掀起了工农运动高潮。正当革命斗争深入发展时，蒋介石发动了四一二反革命政变，中共萧山地方党组织遭到破坏，负责人宋梦岐、委员祝庆祥被捕。

在险恶的形势下，委员傅彬然等仍坚持斗争，他和党员商荫庄起草了五一节《告工人群众书》，揭露国民党屠杀共产党人和进步人士的罪行，并号召工人农民继续开展斗争。与此同时，傅彬然还通过秘密渠道与中共浙江省委取得联系，并受命于 6 月将已遭破坏的中共萧山地方党部改建为中共萧山独立支部，傅彬然任书记，直属中共浙江省委领导。独支成立后，面对严峻的形势，决心把党的工作重心转向农村，秘密发展党员，建立党的组织，开展农民运动，打击封建势力。

傅彬然由于没有暴露党员的身份，还担任着国民党萧山县党部执委，并分管西南两乡的农民工作。七八月间，他派共产党员莫仲乔以国民党县党部农运指导员的身份，来到长河及沿湘湖一带的西乡地区开展工作，同来的还有共产党员瞿缦云。他们来了后，一面恢复四一二反革命政变后被撤销的农民协会，一面贯彻国民党三届二中全会颁布的"二五减租"条例；同时，积极培养骨干，秘密发展党员。经过一段时间的工作，一批在斗争中涌现出来的农民积极分子陆续入了党。长河一带入党比较早的有来耀先、瞿缦云、莫仲乔，来耀先积极主动地协助，利用理发店接触广的便利条件，帮助做好联络工作。他还和莫仲乔一起奔走西乡的各村，为这一带农民协会的恢复出了力。我当时住在沿山村，记得有一天，来耀先带着莫仲乔和瞿缦云来到我家里，那次同来的还有塘子沿村的孙招林、张家村的张岳金等十余人，大家还到后塘庵开会。这次会后还开了一个2000余人的大会，会上正式成立了西乡农民协会，大家推选开明士绅来柱臣当执委，各村也相继成立了农民协会。不久，来耀先通知我，还有韩阿定、俞庆祥、孙吾坤和孙招林等十余人到孔家坟的孙水生家召开秘密会议，在这次会上我们入了党，还宣了誓。会后，西乡境内先后成立了长河、沿山、襄七房等7个党支部，党员有80人左右。在此基础上，9月成立了中共西乡区委，书记由傅彬然兼任。

这年 10 月，傅彬然在湘湖压湖山秘密召开党的活动分子会议，省委还派人出席指导，选举建立中共萧山县委，由省委派来指导工作的张静山任书记。会议传达贯彻党的八七会议精神和省委"以红色恐怖消灭白色恐怖"的指示，号召各基层组织开展更有力的斗争。来耀先和我都参加了这次会议。会后，在西乡区委的领导下，来耀先多次召集长河、沿山等地支部的党员，举行秘密会议，贯彻县委指示，并决定利用秋收季节，组织农民暴动，向地主劣绅发起猛烈进攻。

当时，反动政府横征暴敛，什么火柴捐、酒捐、锡捐、"二五"库券、军事特别捐等苛捐杂税多如牛毛。同时，又遭受严重的自然灾害，致使米价昂贵，物价暴涨，民不聊生。区委根据压湖山会议精神，决心抓住这一有利时机，提出中心任务是发动农民，将"二五减租"的斗争轰轰烈烈地开展起来。当时，我们提出了"打倒土豪劣绅，实行减租减息，取消高利贷，要饭吃，要田种"等口号，积极组织农民实行"二五减租"，并规定由农民协会监督还租，不准地主多收一粒米。协会还统一制发会斗，废止米商自制的"大肚斗"。还不准地主在收租时吃饭、吃点心，不准索取车脚费，如遇业主借势涉讼，由农协筹款补助。地主都乖乖按农协规定收租，每次收租都有农会监督。这样一来，减轻了农民负担，鼓舞了斗争的积极性。接着区委又组织农民几千人，举着"西乡农民协会"的旗帜，还有红红绿绿的大灯笼，高呼着"打倒土豪劣绅，打倒贪官污吏!"等革命口号，到地主比较集中的村庄示威游行，极大地打击了地主的淫威，贫苦农民无不拍手庆贺。

我们的革命行动，使反动政府感到十分惊恐。为了保护地主阶级利益，他们千方百计破坏农民协会。1928年春，大地主来子丰、傅阿广等联名向萧山县警察局控告，说农民协会组织暴动。警察局接到报告后，立即派人到长河逮捕农民协会负责人。先是逮捕来柱臣，幸好被当时任长河党支部书记的来耀先发现，他不顾个人安危，与警察展开搏斗，奋力将来柱臣从警察手中夺回。事后，来耀先召集长河党支部商议对付警察无故抓人的办法，来耀先因势利导，商定要组织农民起来开展武装斗争，制订了周密的计划，并征得了区委、县委领导的同意。一天，长河附近数百名农民，在区委的领导下，手持铁耙铁锹，分几路冲向长河警察所，抗议当局无故捕人。警察所所长以为有武器护卫，有恃无恐，趾高气扬，不但不予理会，反而命令军警开枪威胁。农民群众被激怒了，他们一面高呼"打倒贪官污吏!""不许警察抓人!"等口号，一面冲进警察所，将所内器具、玻璃门窗全部打碎，在愤怒群众挥舞的锄头铁耙下，一向作威作福的反动警察抱头鼠窜，越窗而逃，奔赴县城告急。

次日，国民党县政府派几十名武装警察开到长河进行

"搜剿"，逮捕了来耀先。警察害怕农民再次暴动，进行拦击，遂于当天夜晚乘驳船走水路将来耀先押解至萧山。我西乡区委探悉押解路线的消息后，立即通知东湖、湖头陈村党支部紧急动员数百名渔民组织营救。当反动军警的驳船开到白马湖时，事先掩伏着的数十艘渔船迅速包围上来，将警察局的船团团围住。霎时间，锣鸣和呐喊声响彻湖面，"快快放人，饶你们狗命"，"谁敢违抗，就翻船，把你们葬身湖底"，有一些渔民还跳入水中，准备动手翻船。警察见势不妙，只得当众释放来耀先。为避免反动当局再次下毒手，区委指示来耀先于当晚离开长河到别处隐蔽。事后萧山县政府派出 200 多名军警，到湖头陈、沿山一带乡村镇压，共逮捕了 5 名地下党员。

但我们并没有被敌人吓倒，又连着组织了几次斗争。1928 年 4 月，区委组织几百名农协会员，一举捣毁了西兴警察所。不久，区委又通知，准备乘长河恶霸地主傅黎庄给儿子做"保子戏"之机，实行暴动，杀死傅黎庄和前来祝贺的有民怨的恶霸地主。那一天，我们去的人很多，长河附近的傅家峙、洋桥头、塘子沿、张家村、王家里、浦沿等村都有人参加，就连西乡对江的义桥也有人来，有近千人。还抽调一些骨干，腰藏柴刀，称为"勇士队"。但是不知怎么回事，傅黎庄这个老狐狸已得知了一点风声，放弃了做"保子戏"，携着箱笼逃过钱塘江到杭州去了，还调来了许多省防军镇压。区委为了保存力量，很快取消了这次行动，大家又都分散隐蔽起来。

西乡农民斗争的蓬勃开展，得到了浙江省委的高度评价。来耀先还被选为中共六大的正式代表，到苏联莫斯科开会，这是我们西乡人民的光荣。

浙南农民暴动

林　枚　林佛慈

在中共中央八七会议确定的武装反抗国民党反动派和实行土地革命的方针指导下，中共浙江省委制定了《浙江目前工农武装暴动计划大纲》，选定浙南温州为全省斗争中心地点之一。

1928年6月18日夜里，在平阳县苍南鲸头山的一个道观内，召开了一次扩大联席会议，参加这次会议的是永嘉、瑞安、平阳三个县的主要负责同志。会议决定于6月27日联合永（嘉）、瑞（安）、平（阳）、乐（清）四县举行暴动，攻打县城，夺取政权。根据会议安排，先由雷高升、李振声到西楠溪组织农民武装，夺取温州城；成立苏维埃政府，然后平阳、瑞安等县相继暴动，攻进县城，建立农民革命政权。一场轰轰烈烈的农民武装革命开始了。

永嘉暴动是王屏周同志领导的。事前，组织即派雷高升、李振声到西楠溪组织农民武装。暴动前夕，永嘉县委又做了周密部署，由李振声负责联络林朝督、杨岩斌、章玉麟等部和下嵊石染的农民武装；雷高升负责联络谷亨棉、周明存、小麻子（潘熙堂）、胡协和、徐定魁等武装队伍，准备分成数路向温州进军。6月27日，雷高升、李振声在永嘉碧莲集中小源部队，组织了1000多人的农民武装队伍，雷高升想以迅雷不及掩耳之势，夜间突然袭击温州城，使敌人措手不及。当时，温州城里虽然驻有浙江保安队第四团，但只有两个连200多人，兵力比较单薄，其余分散驻扎在各县。同时，由于温州地处偏僻，交通不便，敌人如果从杭州来增援，起码得花六七天时间。这样，农民武装只要攻进温州城，就可以闹他半个月的苏维埃，扩大影响，然后再撤回山区。但那夜正是大雨之后，山洪暴发，农民武装在越过溪滩时，一不小心就有被洪流淹没的危险。于是，有些同志提出等天亮再动身，就这样耽搁了一夜。仅大源谷亨棉率部800余人直抵瓯江北岸的洋湾地方，这部分队员一路上在黑夜里飞快前进，走到中途时遭到了敌人的拦截，原来是在行军中惊动了路上的反动团练，这些地主豢养的走狗，一面开枪阻拦队伍前进，一面派人到温州城里报信。温州城的敌人立即派兵把守小源地区的金州、李茅、白泉、廿回垅等村，堵截农民队伍。农民队伍考虑到温州城里的敌人已得到情报，一定严密戒备，同时又与雷高升部接不上关系，便决定绕道小源撤回西楠溪山区，攻打温州的计划就这样落空了。

瑞安方面，在林去病的领导下，决定在6月29日夜起事，计划在塘下、仙降、陶山三区同时进行暴动，夺取瑞安城。同时，安排部分人员负责发动城内工人准备好一切，以便内外接应。并要求农民队伍冲进城后，缴掉警察局的枪，夺来县政府的印，释放被抓群众，宣布成立苏维埃政权，闹他10天，扩大了影响，再撤回仙降山区。

那晚，在仙降区蒋岙村的白莲堂内，来自塘下、仙降等区的1000多个农民，背着大刀、长矛、火枪，高举起革命的红旗，聚集在这里。

共产党员、县农会常委林直斋对大家说："我们今晚要打进瑞安城，夺取政权，自己当家做主。反动政府如此凶狠，拼命压迫农民，我们要团结一致，打倒反动政府！"他带领农民乘船到飞云江横山，等了很久，仍不见西门外举火信号，塘下、陶山两区的农民先后散归。这时，天越来越黑，又遇上暴风雨，潮水又涨，林直斋看见南门的码头上火烛通明毫无动静，又没有人出来接应。他和大家商议了一下，认为城内情况有变，就把队伍撤回来了。

仇恨的烈火在每个人心中燃烧。林直斋因势利导，率领大家冒着风雨，直奔上河地方。这里住着一个叫伍骤蜚的地主大恶霸，长期欺压群众，鱼肉人民。今晚去打伍家，百姓个个兴高采烈，斗志高昂。到了伍家，伍家大门紧闭，大家用石头撞破了门冲了进去，伍骤蜚和他的家属已从后门逃跑了。农民将那些用他们自己身上的血汗添置起来的华丽的家具、玻璃窗等统统捣个粉碎，放火烧了伍家几十间房子，火光冲天，几十里外都可看见。然后，农民队伍就分散回去隐蔽了。

6月27日夜里，平阳的苍南、万全两区的农民1000多人，由林平海、林珍、叶廷鹏等同志带领，分三路去攻打平阳城。那晚，他们分头埋伏在平阳县城四门，总指挥部设在鲍垟一座三层炮楼上。从苍南、马站等地来的农民武装，集中在坡南的南丰仓五福殿附近，准备由南门入城；从万全、宋埠等地来的农民武装，在东门一带集中，准备攻入东门，与南门部队会合。以西门黄氏宗祠放火为信号，再由几个同志带领群众埋伏在北门，一见火光，听见枪声一响，就虚张声势冲进城去。剩下西门给敌军做退路，把敌人全部逼入十八都地方，切断他们与温州反动军队的联系，然后一举歼灭。攻进城以后，立即在南门天主教堂内宣布成立苏维埃政府，颁布土地法，实行土地改革。

作战时间还没有到，忽然从东门柑橘园里传来一阵阵枪声和喊声。怎么提前进攻了？原来那几夜，各个村子里人来人去、调兵遣将，引起当地不良分子和劣绅的注意，有人跑到劣绅姜啸樵家中告密："农民要闹事，还有许多读书人参加。"姜啸樵一听马上派人报告平阳县警察局，国民党县长得到了消息，即派密探前往城外侦察。敌方派出的密探系一中年人，以急急忙忙的模样向城外走来，被我队队员抓获，带到叶廷鹏面前，狡猾的密探以"我老婆生小孩难产，去城外请接生婆。你们行行方便，救救母子两条生命吧"做谎言，连说带拜，苦苦哀求，骗过了农民出身、淳朴善良的叶廷鹏。

这时，城里的敌人早已调兵遣将集中待命，除加强四周城门防守外，又派出巡警小分队出城巡逻。警察巡逻到东门，发现柑橘园里有白色的东西在晃动，就高声大喊起来："什么人，快出来！"

"老百姓。"柑橘园里有人慢条斯理地回答。

"老百姓半夜三更在田里干什么？"没有回答。

敌人就端起枪狂喊着："快出来！不出来我就要开枪啦。"还是没有答应。敌人就朝柑橘园里开了几枪。

"哎哟！"一个农民队员被打伤了。这时，领导这支农民队伍的叶廷鹏知道无法再隐蔽，就喊了一声："冲啊！"带头冲出柑橘园，大家跟着一齐放枪，撂倒了三名警察，其余的警察都吓得逃跑了。

叶廷鹏根据当时情况，决定提前进攻平阳城。他一面派人去指挥部报告，一面率领队伍向东门冲去。到了城边，敌人枪响了，双方交上火。这时，南门农民队伍还没有赶到，北门的同志听到枪声，以为已经打进城去，也就冲进城去。由于提前开火，几路队伍互相之间失去了联系。敌人就集中火力向东门的农民队伍射击，农民武装和敌人展开了激战。忽然一枪射来，正在指挥作战的叶廷鹏胸部中了弹，向后仰倒下去，但他从血泊中挣扎起来，咬牙坚持指挥战斗。这时，敌人的火力稍弱一些，叶廷鹏将大刀一挥，带领短刀队，冲到城脚边敌人的阵地上，手起一刀，劈死了一个敌兵。其他农民队员以一当十，奋勇杀敌，杀死了好几个敌人，其余的敌人溃退了。叶廷鹏考虑后援部队未来，下令撤退。

第二天早晨，设在鲍垟的指挥部被敌人包围了。大多数同志奋勇冲杀，突出重围，游馥、杨公亮、汤志清、周士元等同志受伤被捕，最后都牺牲了。林平海被捕后被押解至驻温州省防军第四团团部，7月2日，牺牲于温州紫福山下。叶廷鹏因伤势过重没有随队伍撤退，在群众的掩护下，渡过了难关。伤愈后，重返革命岗位继续战斗。

6月30日夜，平阳宜山区100个农民举行武装暴动。在吴信直等同志的领导下，袭击了金乡警察分所。他们先将岗警看管起来，然后一齐冲了进去。一名警察持枪反抗，被农民一刀砍倒在地。敌警长指挥警察开枪射击，那些警察有的哆哆嗦嗦地伸手去拿枪，有的拿着枪开不出火来，原来子弹坏了。结果，多数警察都做了俘虏，共缴枪22支。

这次联合革命，虽然没有按全部计划实现，但由于它规模大，政治影响很深远，大灭了敌人的威风，大长了人民的志气。此后，浙南农民革命更加蓬勃发展，声势越来越大。

武义减租运动及秋收斗争

徐 强

 1927 年，中共浙江省委派徐英到武义县领导革命活动，恢复了中共武义县委。徐英担任县委书记，县委委员有邵李清、徐云丛、倪云腾、徐理富等同志，并由倪云腾兼共产主义青年团的县委书记。1928 年秋收前夕，武义县委决定发动秋收斗争，率先提出了减租减息的口号，这是在斗争初期农民比较能够接受的口号。

 开展减租减息斗争的第一步是发动农民算账，算农民的劳动账和地主的剥削账。农民算算自己一年到头是怎样辛勤劳动的，正如有的农民说：我们的手板和脚皮都磨破了，而地主老财一点也不劳动，整天在家里花天酒地地享受，甚至抽大烟，等到打下粮食，地主却要拿去六七成，农民只留下三四成，怎够一家人过一年。再加上苛捐杂税，一年的收入抵不过一年的支出，年年有亏空。一年穷似一年，一年更比一年苦，农民怎么活得下去。通过算账，农民逐渐明白了一个道理，不减租减息，农民是活不下去的。

经过算账，贫苦农民对减租减息的道理更明确了，对开展斗争的积极性也提高了。加上党团员带头进行串联活动，更使不少农民提高了觉悟。

经过一个时期的宣传和组织发动工作，农民三三两两陆续去向地主讲理，诉说收成不好，要求减租减息，地主老财一听到贫雇农闹减租减息，有的万分恼怒，有的破口大骂，有的恐吓威胁，把要求减租减息的农民一个个赶出门，还恶狠狠地说："欠租还租，欠债还钱，天公地道，签字画押少一个钱也不行，谁要造反，当心你们的脑袋。"要求减租减息的贫苦农民都被地主骂出门来，大家受了一肚子气，心中愤愤不平，不愿就此罢休。由此大家就在党的领导下，接着开展了抗租抗税的斗争，农民齐心起来，大家不缴租不缴税，看你地主怎么办？大地主最集中的东乡爆发了武义县历史上第一次抗租抗税斗争，老财的狗腿子向农民收租收息，都被赶了回去。

农民的抗租抗税，使地主老财大吃一惊，他们本以为只要怒吼一声，农民就会乖乖地继续交租交息，想不到这些"顺民"真的造反了。东乡的地主为了磋商对策，就去找绅士老爷汤德彩。汤德彩是东乡白阳山后一个有名的土豪劣绅，武义县的参议员，他依仗着大儿子汤恩伯的势力，称霸一方。汤德彩平时还装着一副假仁假义的绅士面孔，满嘴也喊着要为老百姓办事，实际上是一副黑心肠，每当地主与农民发生纠纷、打官司，他总是站到地主一边，代表地主利益，帮助地主说话，与地主勾结起来迫害农民。这次农民抗租抗税，他在大吃一惊之后，便为地主出主意和出力，亲自去串通了县政府派出大批警察来抓人。

农民从提出减租减息到抗租抗税，这是被他们悲惨遭遇与贫困处境所逼出来的。抗租抗税不成，就很自然地发展成武装斗争。

1927年11月，武义县委召开会议，推选邵李清任县委书记。根据中央八七会议确定的开展土地革命和武装反抗国民党反动派的总方针，县委的中心任务是：积极发动农民进行秋收斗争，打倒土豪劣绅，推翻反动政权。1928年8月3日，在徐英与浙西特委邵溥慈的指导下，县委在东乡金畈召开会议，决定在全县东、南、西、北四乡建立区委，以加强对农民斗争的领导。会议还拟订了秋收暴动计划，决定分东、北、西、南区活动：东区由徐理富、章有熙及倪云腾等人负责指挥；北区由邵李清、徐云丛、洪少年及陈琳四人负责指挥；西区由方洛民、方文德两人负责指挥；南区因支部少，力量不足，未计划搞武装暴动，只要求南区一带张贴标语配合行动。我和徐英同志隐藏在县城探听敌情，并负责策应和指挥四个区的活动。会后积极准备物资，做了八面党旗，刻了四枚印章。在武器方面，除鸟枪外，有两响炮手枪五六十支，黄檀木做的炮3门，还有红缨枪400多支。

8月4日率先爆发了东区隔屋村事件。起因是东区金畈农民王水起和王鸣钟两人，他们曾向东区隔屋村财主林新福借了100多元钱，利息为每月1元4分，年息为4角8分，100元钱到一年后就得还148元。王水起和王鸣钟已将钱还清，而林新福却赖着不把借据退还，先是说借据找不到，过了一段时间后竟称没有收到钱，甚至对已交给的租谷也不承认，还扬言要与王水起、王鸣钟打官司。农民知道，到反动政府去与财主打官司不会有好结果，王水起、王鸣钟被逼得无路可走。邵李清、倪云腾抓住这一事件，于8月4日先是由邵李清亲自写了布告，让倪云腾、王水起等通过国民党县政府的岗哨，把林新福的剥削罪恶用布告贴在县政府第二道门内的大堂里。当晚，率领金畈等五个村的党团员40余名，手持刀枪、木棍到隔屋村包围了林新福的家，想杀死林新福，因林已逃掉未成。这次隔屋村惩办恶霸林新福的事件，揭开了武义农民斗争的序幕。

9月13日，根据省委指示，浙西特委在桐琴召开了永（康）武（义）两县党的领导人联席会议，决定永康和武义两县委组织暴动，成立武装队伍，并定于10月10日夜两县同时进行暴动。这次会议，由我和倪云腾两人代表武义县委参加。

10月10日晚上，全县进行暴动，东区指挥设在乾垄口塔山头，实际参加暴动的有400多人，分三路出发。东路由倪云腾负责，打汤村土豪劣绅汤德彩；北路由邵李清负责，打地主林新福，缴履坦警察所的枪；西路由徐理富负责，打地主鲍经田，缴东干警察所的枪。

东路由倪云腾带领到汤村后，把汤家大门围住，敲了半天门，里面无人答应，大家就用扁担、红缨枪等撞门，由于汤家大门很坚固，一时撞不开，沈宅的一个共青团员沈春东用一块20多斤的石板来砸门。汤德彩的大门虽被砸开，但汤已逃掉，大家就撤了回来。

西路由徐理富组织阳南、阳西农民，去东干缴警察所的枪和杀泉溪地主鲍经田。到东干缴枪的人，在中途要过河时，听到河对面的狗叫得很凶，怕土豪早有准备，所以中途就折回来了。

此外，还有破坏敌人交通的小组，由组长倪新富带领，有组员10多人，拿了斧头、锯子、柴刀等，在内白到杨公一段电话线路上，破坏了电线杆十多根，割断电线200余公斤，到天亮时顺利完成任务。

这次秋收斗争，对国民党的震动很大，反动派十分惊慌，国民党永康县县长怕农民攻进城去杀他，慌忙逃到船上。武义县政府向省里请救兵，浙江省政府派了省防军一个团来武义，加强了对农民的镇压。

楠溪山底风暴

胡振盛

　　永嘉县楠溪山底，有一个不到 300 户人家的偏僻山村——五尺。村的南面，有条细长蜿蜒的溪流，沿着这条有十多里长的溪流，攀上蜿蜒崎岖的山岭，可以到达李岙溪青寮山的山垄里。

　　1927 年夏天，胡公冕来到这个僻静的山垄里，搭起了一座茅屋。那时，他白天手不离锄地种山，夜里在茅屋里的一盏火篾灯下，向贫苦农民讲述苏联十月革命胜利后人民的生活和国家的建设情况，往往工作到深夜。

　　胡公冕同志是永嘉县楠溪人，曾去苏联学过军事，后在黄埔军官学校当教官。北伐战争时，曾担任过北伐军东路前敌指挥部政治部主任。当蒋介石发动四一二反革命政变后，他在杭州被敌人追捕，就秘密地经过兰溪、金华，回到他的家乡。在家乡群众的帮助下，他和几个同志就隐居在这里，他们一边种山，一边向农民进行革命宣传。这间小小的茅屋，成了向当地农民灌输革命思想的课堂。

那时，永嘉县楠溪一带是个非常贫瘠的山区，在反动派的统治压榨下，农民的生活非常贫苦，而那些地主豪绅还勾结反动派，像一条条毒虫缠在他们身上吸血，广大贫苦农民要求摆脱痛苦反抗压迫的愿望，就像快要喷发的火山一触即发。

一天夜里，我和 55 位农民，来到了胡公冕住的茅屋。灯下，胡公冕闪动着浓眉，兴致勃勃地谈着苏联工农劳动群众推翻了沙皇，建立起无产阶级政权，全社会消灭了剥削制度，没有贫富，人人劳动，过着自由幸福的生活。讲到最后，他充满信心，激动地说："世界各国革命的发展，都会走苏联人民的道路，中国也是一样。时间虽有早晚，最后一定会实现世界大同！"这些话，像磁石一样吸住了我们大家的心。特别是听说将来革命胜利后，农民能分到土地，日日走向富裕，对这些，谁不日盼夜想呢？长期过着苦难生活的穷苦人心里，多么向往苏联人民的生活呀！

后来，胡公冕开始离开茅屋，秘密外出进行革命活动，在岩头、下宅、南岙等地都曾留下他的足迹。他当时想在这山区里组织一支农民武装，在此立足生根，好做长期革命的打算，但不久他的活动就引起了敌人的注意，他在群众的保护下，化装成一个商人，到上海去找党中央了。

1928 年 3 月间，共产党员李振声和雷高升秘密来到永嘉县西楠溪一带进行活动，他们在小源、大源等地组织农民协会，发展会员，并且到处宣传革命道理。

在他们的领导下，我当时和五尺的胡协和、胡进福等20余人，准备秘密建立革命武装。但是我们没有枪，怎么办呢？

一天清晨，我和胡协和突然来到茗岙胡秀家中，我们知道胡秀家中有一支美制手枪，想把它弄到手。胡秀在大厅上见了我们，我一开口，就直言不讳地说："我们来，是要向你借那把美国手枪用一个时期。""谁叫你们来的？"胡秀吃了一惊。"公冕先生叫我们来的！"胡协和说。那胡秀曾在黄埔军校受过训练，胡公冕是他的教官，他当然没有话说。同时他本身也倾向革命，就很慨然地说："既然公冕先生吩咐，不用借了，你们就拿去用吧！"就这样，我们获得了第一支手枪，还有三颗子弹。

枪是有了，但是只有一支，给谁用好呢？还得想办法再弄一些武器。于是，我们就去"请财神"（即强迫地主豪绅捐款）进行武装筹款，购买枪支。

一次，我们到温州瓯北港头地方去"请财神"。当时，听说那边有个年纪很大的地主，以放高利贷起家，见钱如命，待人吝啬。我们划了两只船，到清水埠上岸，一个同志打扮成船家，以籴米煮饭为名，先去观察地形。这个地主家的围墙有两三丈高，都是用坚固的石头筑成，夜间关上大门，人即使插翅也飞不进去。我们就改变了计划，就在天将黑下来的时候，哄地冲了进去。哪知地主家养的好几条大狗一齐扑将过来，一个同志将准备好的"黄檀炮"（取黄杨树，挖空装入火药铁碎块，燃火能爆炸）扔了过去，一阵火烟，炸得那些狗有的死、有的伤、有的吠着逃跑了。在昏黑中，我们捉住了那个胡子又长又白的老地主，从江边搭船走了。回到五尺，强迫那个地主写信回家，叫他儿子拿钱买几支枪来，将人赎回去。后来，我们又在五表山一个姓张的地主家中搞到70块银圆，去买了一支枪和几斤火药；在南岸横路下一个地主家中，缴获了两支破步枪。就这样，武器渐渐增多。

1928年8月间，为了进一步扩大武装力量，我和胡协和等人商量了一下，决定进行武装斗争，去缴霞渡潭警察所的枪。

这天清晨，我们20余人划了三只船，到了离霞渡潭1里多路的河边上岸。这时太阳才刚刚冒出东山头，山上白茫茫的雾正在清澈，地上还全是露水，我们先派两个农民装束的同志，背着长长的口袋，闯进警察所的门口。其中一个过去当过兵，对警察大都熟识，他俩说是从温州乘夜潮船来的，顺便到所里玩玩，门警就没有阻拦。到了里面，警察正在吃饭，也不怀疑。正在这时，门口又来了一伙"打官司"的人吵吵嚷嚷也闯进所来，门警正待阻拦，我手中那支枪已经顶住他的嘴，他只好乖乖地缴了枪。众人一声喊，冲了进去，我们把随身带去的一个热水瓶大的"黄檀炮"点着了火掷了过去，轰的一声响，饭厅里硝烟弥漫，乱成一团。正在吃饭的警察丢了饭碗，都趴在地上，有的喊爹，有的喊娘，有的跪着求饶，全所警察无一漏网全部被擒。我从一个被俘的警察口中，知道楼角的麻袋里还有一些毛瑟枪，就统统给拿来了。虽然这些毛瑟枪又笨又重，子弹如拇指般大，打一颗，弹壳就卡在枪筒中取不下来，但都好像得了宝贝一样高兴。后来，我们烧掉了警察所里所有的卷宗，释放了被俘同志；同时，枪决了一个罪行累累的警长，当地人民拍手称快。就这样，我们扛了 20 多支枪，胜利地回来了。枪多了，声势也逐渐大了，人数发展到 80 多人。

紧接着，我们又联合了戴盛为的武装共 140 多人，去永嘉县枫林八湾缴枪，当地一个祠堂里驻扎着国民党浙保四团第二连。事先，我们通过内线策动第二连的部分官兵起义，要求一些人先带枪暗暗跑到这里，告诉祠堂内的情况；还有一些人先带枪留在里面，起义时做内应。后来，内外步调不一致。当农民武装打死两个哨兵后就被发觉，敌人立即回击。我们被迫撤退到溪口区双尖山打了一仗，然后又边打边退，退到五尺山时，被敌人包围了。五尺的房子被烧了三座，打了一个下午，因下大雨，敌人才退去。后来国民党反动派和当地豪绅勾结，办起反动团练，联合对我们进行"清剿"，企图扑灭这支人民武装。我们就把队伍转移到黄山，这个地方很险要，山上只有一条路可通，能攻能守，我们索性就在这里安营扎寨。

打了八湾，队伍的名声越来越响。群众都说，农民敢打浙保四团，胆子真大。有些人担心这下子名声太响，力量太小，经不起国民党再来"清剿"。大家商议了一下，大部分人的意见是：一不做，二不休，趁这个机会，把红旗竖起来，搞大部队的声势，要搞就搞到底。于是，我们就制造了一面很大的四方形的红旗，白的边，红的底，上面写着"招红军"的字样，公开进行招兵。不久，楠溪大小源一带的农民武装纷纷上山联系或带领人枪前来参加部队。人越来越多，队伍扩大到200多人，有步枪20多支，火枪200多支。就这样，我们从一支枪起家，建立了一支不算小的部队。

黄余田地区的武装斗争

杨玉水

1928 年春，突闻母故，我从南京回家奔丧，恰逢卢湛参加共产党后回家乡发动革命；同时，党员赵汝池、吕天残（吕传德）也到了方山小学和荣坑村校教书，我也被叫到方山小学代课。后卢湛、赵汝池介绍我加入了中国共产党。

同年农历五月十三，我和吕天残、陈汝芬在事先得悉大皿土豪羊其祥之子羊荣新有一支勃朗宁手枪后，就到大皿以看戏为名，了解枪支情况。羊荣新和我是表兄弟，又是同学，亲上加亲，我到了他家，羊荣新主动和我去看这支手枪，看毕给他放回了原处。我们离开他家后，陈、吕两人对我说要把这支手枪搞来，作为革命武器。我劝他们不能这样干，因为这样一来，就要暴露了身份。当我回到看戏场所时，羊荣新的哥哥羊荣德气冲冲地赶来问我："玉水，你刚才看过的枪不见了，你有没有拿？"我说："我没有拿。"他又说："你看盛手枪的水笼里，同时放着的 200 块白洋和几

100

斤别直参都一点不少，偏偏少了这支手枪。为什么你看以后就没有了呢？如果你没有拿，肯定是你的伙伴拿了……"要我找回陈、吕两人，可是他们都到壶镇去了。

我去找到他们俩时，问起丢枪的事，他们俩都说没有拿过，说羊荣新败坏我们的名誉，要他赔偿我们的名誉损失……并说：一不做，二不休，先发制人，要向缙云县政府起诉，由我证明吕天残等人没有偷过枪。结果羊其祥、羊荣德、羊荣新的官司打输了，父子三人暴跳如雷，扬言非要和我算账不可，就派人在方山日夜暗中监视，准备借机将我捆到大皿去。

我为了摆脱羊其祥的暗中监视，马上回到黄余田家中去住。次年春，由校董事会出面募来经费，办了一所日新小学，由我担任校长，其中有杨修式等教师多人，我们利用学校作为联系和开会场所。

同年5月间，我们在小溪的农会组织与地主武装发生械斗，地主武装怕消耗自己的实力，又不知道该农会是属于我们所管辖，就要我和卢湛、杨思廉去调解，我们顺水推舟，要求双方停止械斗。群众看我们的力量确实强大，土豪劣绅所惧怕的事，我们都能解决了，因此许多人都纷纷参加了我们的农会组织。后来，赵汝池派来特委邵天民（兰溪人），他看到这里的农民都很勇敢，要我们积极发动群众开展"二五减租"和武装斗争。我们在新安首先发动了"二五减租"，羊其祥闻讯派兵进行追缴，并到缙云县政府控告杨承香等抗租不交，要调田耕种。结果，羊其祥受到审判员的训斥，羊其祥的官司又打输了，农会的声势也更加强大了。区委还号召广大农民积极参加农民协会，与土豪劣绅做坚决的斗争。卢湛等同志多次利用农村集市、演戏机会，亲自给农民宣传团结起来成立农会的好处。农民有了自己的组织，在开展"二五减租"中发挥了重大作用。但地主豪绅负隅顽抗，公然采用抽田、调田手法，对佃农进行恐吓。

火热的减租斗争使同志们认识到团结起来就有力量，地主的阻挠和破坏也使同志们意识到，要取得斗争的胜利，还得有自己的武装。于是，卢湛、杨岩溪、杨金保、金永洪等同志在黄余田、新罗、溪口等地，以组织"打猎队""兄弟会"等农民容易接受的形式，串联敢于拿起武器与土豪劣绅做斗争的勇敢分子，将他们暗中组织起来，保卫减租斗争。

1929年冬，杨岩溪带仙居的工农武装到黄余田集中。过了些时候，卢湛、杨岩溪、杨思廉、杨修式、宋桓等就在黄余田宣布成立浙西工农革命军司令部，由卢湛任政委，我任司令员，杨岩溪管武装，杨金保管后勤，杨修式为文书，杨思廉、宋桓负责各点联系。在当时就出了浙西工农革命军司令部布告，布告由文书杨修式执笔，署名司令杨玉水。贴出时，我不知道，事后我知道了，我反对用杨玉水的署名，故又将布告撕了回来，用我的化名包得胜司令员出布告。内容大致是工农革命军所到之处，秋毫无犯，号召大家起来向土豪劣绅做斗争，实行"二五减租"，分田地，并向各地土豪劣绅派募经费，勒令他们按时按地点缴纳，否则要受到司令部的制裁，并计划以括苍山为根据地，建立苏维埃政权。

我们决定首先消灭新程陈达夫的武装，但等到我们的部队到达时，陈达夫已闻风逃走，我们部队就绕道庄头，抓来了一个财主卢泽周，将他押往仙居杨岩溪所管辖的根据地，并要卢家拿出 1 万块银圆赎身，卢家闻讯惊恐万分，要求我和杨修式把卢泽周放回去，钱的问题好商量。正在调解过程中，却被白岩曹小本密报大皿土豪劣绅羊其祥，当即派兵在途中守捕我们，那时正值寒冬腊月，大雪纷飞，我和修式路过方山，准备吃中饭，发觉有人盯梢，我俩立即改变方向，向乌青坑方向躲避。由于天下着鹅毛大雪，留下了清晰的脚印，羊其祥带着民团沿脚印追来，并在各地路口布下了埋伏。我和杨修式在一个山洞里被捕，同时被抓走的还有荣坑口的负责人厉志寅。

厉志寅同志在黄余田市基被杀害。羊其祥说："你们不老实这就是你们的下场……"目的是杀鸡吓猴，给我们一个下马威，并将我俩押往大皿，要我交出被窃的勃朗宁手枪和组织名单，我坚决拒绝。他们就对我用"老鸦飞""老虎凳""扁担打屁股"等刑罚，进行刑讯逼供。另外用"脚闸"折磨我的身体。

我父亲知道后，立即变卖田产，东挪西借，筹集银圆300块，其中100块赔偿羊其祥的手枪损失，50块送壶镇区公所，要他们提出我这个人。另外50块送给监送我的省防军杨排长，求他亲自押送我到缙云县政府，千万不要让羊其祥就地杀害。还有100块作为其他人的活动开支。经多方营救，我才从羊其祥的虎口里转送到缙云县政府监狱。

入狱后，经多次审问，我一口推说："没有组织，也没出过布告，那布告更不是我写的。"他们要我重抄布告一次，比对笔迹，但布告是杨修式写的，我用的又是化名，他们找不到我的真凭实据，没有办法。但羊其祥借其势力，在县政府多次活动、行贿，要把我判处死刑。其主文为："杨玉水投函恐吓，判处死刑。"我接到判决书后，要求聘请律师王之瑞申辩，并要求转送浙江省第四高等分院再审理。但县政府批示："呈悉，已检卷呈送浙江省政府核示中。"没有将我的案卷送到浙江省高等法院审理。当时县长兼军法官，是特种刑庭，一次就终结，剥夺我的上诉权。

我被捕入狱后的第二年，即1930年夏天，浙西工农革命军在卢湛、杨岩溪的率领下，编为红十三军第三团。同年7月，卢湛同温州联系，红十三军军部派红一团团长雷高升率部攻克了缙云，救出了我和红十三军干部王尚池以及许多无辜被关的群众。

我出狱不久，红十三军即发起了大规模的攻打壶镇战斗，我也积极参加，但战斗失败，牺牲了许多人，无奈只好撤退，国民党派反动民团四处设关搜捕，省里到处在"通缉"我，我只好去环境比较熟悉的南京暂避。在南京我化名陈明升，钻进了国民党心腹部队侍卫总队当卫士，作为安身之所，后来再入陆军中央军校十期步科读书，改名杨铭新。

革命失败后，镇压搜捕没能扑灭已经觉醒了的革命人民，后来许多同志都参加了红十三军和刘英所领导的革命队伍。革命者怀着"星星之火，可以燎原"的伟大理想，前仆后继，继续战斗，在中国共产党的领导下终于摧毁了没落腐朽的反动派统治，人民迎来了灿烂的春天！

我在桐丽游击队

汤国满

　　1929 年上半年，玉环出现了大荒年，当时粮食颗粒无收，人民群众生活在水深火热之中，为了活命，纷纷起来闹荒，冲到地主家开仓分粮。

　　6 月、7 月间，我同母异父的哥哥吴逊歪已与芳杜乡中赵村应保寿拉起了人马，到桐丽来宣传"闹荒分粮无罪"的道理。8 月，我哥逊歪带了好多人来住在家里，他对我说："你年纪也不小了，应该出去做些事情，将来是共产党坐天下，穷人翻身做主人。"我接受他的教育，表示要跟他闹革命。有一次，他和应保寿带着本村吴小顺、红湾王兆和、上山头林正武、山陈王轩弟、日弟孔仁德、都墩小春二头，以及我和吴逊歪妻孔德玉等人到家里开会。会上，传达了上级领导的指示，大概内容是尽快地组织游击队，进行武装斗争，建立革命根据地。同年 10 月晚稻熟时，坞根程顺昌到我家里，传达发展党组织的指示，吴逊歪介绍我入了党。

10 月半后，吴逊歪、王轩弟、吴小顺、王兆和、孔德玉、孔仁德、林正武、林多德等人在山陈杨府庙开会，叫我和薛则敏、林多德、林正武等人去通知桐丽的一些农民积极分子来参加会议，由我通知的人有都墩的小春、小春二头、孔梅春，大歪里的戚老忠，南山的张孝寺，水桶歪的卓春志，住在泗边的田歪讨饭小宝等十余人。吴逊歪主持会议，应保寿讲解当时的斗争形势，宣布要正式成立游击队，游击队要拉出去流动打仗，留下来的也要有人分工负责。散会后，吴小顺、王轩弟、孔仁德、王兆和、孔德玉、林多德等人来到我家，应保寿表扬了他们，宣布吸收他们入党。

过了半个月，桐丽游击队正式成立了，有五六十人，39 支枪、十多把大刀，吴逊歪是队长，王轩弟、王兆和、林正武为副队长，吴逊歪有一支木壳枪、一把刺刀，王轩弟、王兆和、林正武、小春二头、卓春志等人都配有木壳枪或其他短枪，吴逊歪妻孔德玉也有木壳枪，其余游击队队员的武器有套筒、毛瑟枪，有的使用大刀。

11 月，应保寿、吴逊歪在桐丽召开了党员会议，会上应保寿传达了上级有关指示，并宣布组织分工，党支部由吴逊歪担任书记，王轩弟为副书记，王兆和负责组织，吴小顺负责宣传发动。吴逊歪游击队下属分编几个小队，里山小队由林洪芳当队长，小闾由薛则敏当队长，水桶歪片由卓春志当队长，日歪、南山片由孔仁德当队长。全乡农会组织总负责（农会会长）吴小顺，副负责是我，下面各村的负责人是：光上村孔梅春，光下村戚老忠，夜村卓春志（兼），桐丽村林洪寿，果上村孔仁德（兼），果下村王老曲。

吴逊歪带领队伍出去执行任务后，桐丽的农会由我和吴小顺负责，吴小顺有时也跟游击队外出，因此，地方面上工作由我总负责。当时农会权力很大，几家富户收租都要预先与我商量，我以游击队的名义同他们三七开分成，我们游击队得七成，共收了 1500 多公斤粮食，除一部分留作游击队口粮外，其余的都分给附近的贫苦农民。

武装斗争开展之后，又在杨府庙召开会议，为了解决游击队的给养问题，决定向一些富户发片子借银洋，铁下富户郭利亨接到片子后，立即求救于岙环保卫团，保卫团团总叶大蓬安慰他说："铁下在岙环的眼跟前，门口头的稻不怕人家割去，你放心好了，有我们在，你一分也不要借给他们。"一天夜里，在吴逊歪的带领下，队伍从双屿出发，来到铁下郭利亨家，要他如数交出银圆，郭利亨自以为有保卫团撑腰，气焰十分嚣张，拒不交钱。吴逊歪认为我们游击队第一次发片子就遭到拒绝的话，一定会影响到共产党、游击队在群众中的威望。于是向郭利亨交代了游击队的政策和处理办法，但郭利亨说什么也不交出银洋。这时，根据哨兵报告，岙环保卫团已经出发，向铁下方向开来，为了打击敌人的嚣张气焰，吴逊歪命令游击队战士放火烧了郭利亨家的房屋，接着与岙环保卫团打了一仗。这次行动，虽然没有借到银圆，但沉重地打击了敌人，呑环保卫团从这次战斗中知道了游击队打仗的勇猛和厉害。

1930 年春，应保寿率领吴逊歪游击队和芳杜游击队会合坞根游击队去攻打湖头保卫团，从坞根回来后，应保寿、吴逊歪又带领我们会合各地的游击队攻打横山保卫团，缴来了一些枪支弹药等战利品。接着，吴逊歪带领桐丽游击队跟应保寿去攻打茶头保卫团，后由水路到桐丽，准备再次进攻呑环，船驶到灵门洋面，与国民党军舰相遇，游击队从灵门上岸，战况激烈，但无人伤亡。同年 7 月，应保寿、吴逊歪召集桐丽、芳杜两支游击队百余名，在山陈杨府庙开会，会上宣布了攻打呑环保卫团的方案。会后，立即行动，发起进攻，呑环保卫团无力抵抗，逃到大闾。大闾驻有省防军，我游击队为避免硬拼，撤回桐丽。

不久，去西门山参加游击队整编，正式编入红军，吴逊歪被任命为桐丽游击中队队长，后升任海上游击大队副大队长，应保寿为大队长。

1930 年底，国民党大肆"围剿"革命根据地，各路游击队惨遭损失，应保寿、吴逊歪率余部转战海上。

1932 年 9 月，吴逊歪带部分游击队去坞根抓"码子"，根据消息，这里财主家没有武器，我们子夜时来到这家财主门口，见大门紧闭，吴逊歪带游击队队员翻墙而进，由于急于求战，没有考虑到退路，谁知正准备动手时，突然遭到温岭保卫团和省防军的内外夹攻，在敌众我寡的情况下，吴逊歪为了掩护游击队队员撤退，大叫："我是吴障，我是吴逊歪！"把敌人的注意力引到自己身上。他受伤后被捕，并被押往温岭县城，过了几天在温岭壮烈就义。我和吴逊歪妻赶到温岭，偷偷地雇人将尸体运回，草草地将他埋葬。

吴逊歪牺牲后，部分游击队战士在应保寿的领导下，继续和国民党反动派做斗争。

追忆桐柏起义

袁佐文　朱崇奎

1930 年天台县桐柏起义，是中共天台地下党组织的一次大规模的武装斗争，它是经过多少革命同志的长期艰苦斗争和多少烈士的鲜血凝成的光辉史绩啊！

1928 年天台北区欢岙乡闹红斗争失败后，当地共产党在袁存生的领导下，组织赤卫队，在十分困难的条件下坚持斗争。他们一面千方百计与上级党组织取得联系，一面与螺溪周庵党支部联合起来，共同斗争。县委书记石瑞芳多次潜回欢岙，鼓励同志们要不怕艰苦，坚持斗争，指示他们要设法武装起来，并想方设法联系城乡敢于继续斗争的党员，壮大自己的力量。他们克服各种困难，团结了 100 多个同志，坚持了一年多的艰苦斗争。为了武装自己，1930 年 2 月，在螺溪周庵秘密会商购买枪支弹药，不料被地主陈孟森告密，引来国民党省防军包围螺溪周庵，周传顶被当场打死，王老五被捕牺牲。同志们气破肚子，坚决要求报仇，周传帽率领大家在深夜包围了地主的房子。因天黑，地主陈孟森从厕所逃走，只烧毁了他的房子，并烧死两个替地主护院的省防军。这支100多人的武装力量，到桐柏宫起义时，就成了坚强的基础。

石瑞芳在闹红斗争失败后敌人进行反扑时，离开天台到了特委，1929年初又回到天台，通过南山党组织的关系，首先进入黄沙，并在黄沙开展了轰轰烈烈的革命武装活动。而后石瑞芳又扮作卖盐人，进入了方前地区，在方前的东坑口村还建立起红色政权。

东坑口村有个陈少华，原是国民党部队的营长，他不满国民党的反动统治，也拉起一批农民，在西户山上搭起茅棚居住。他被我争取过来以后，山上茅棚就成了农民武装的流动站，经常住着百来号人。为解决生存问题，不能不打土豪、斗地主，敌人十分恐慌。于是，他们请天台、东阳两县敌军来"围剿"，山上的人被迫分散了，农民武装组织也被搞垮，还牺牲了很多人。特别东坑口村，农会主任、村长被敌军用刺刀刺死，全村房屋被烧光，损失惨重。

1929年下半年，浙南特委恢复了，石瑞芳任书记。经过一年努力，天台组织起来的农民武装已达五六百人，比1928年更强大了。这不仅是天台的革命力量，也是台州地区重要的革命力量。

11月，特委令杨敬燮集中各地武装力量，攻入县城内，打开粮仓，救济贫苦百姓。杨敬燮回到天台城内，通知各地党员到南门溪滩开会，因行动失密，被敌人发觉，会未开成，攻城的计划也没有实现。

1930年初，在上级党组织领导下，杨敬燮在天台集中所有的农民武装，编为浙江省工农红军第二纵队，杨敬燮任总指挥。后与浙江省工农红军第一纵队会师，计划攻取天台县城。这就是天台桐柏起义的由来。

1930年4月，杨敬燮带了上级的委任令、关防和学习手册，同两位同志一起来到了栖霞乡蓝田村（1928年的浙南党代表会议也是在这里召开的）。杨敬燮等到达之后，先找几个骨干党员开了一个筹备会议，成立了指挥部，发出紧急通知，由梁人泉、王庆三负责通知各地，命令各地党员和武装群众立即携带武器，到指挥部报到，编队进行短期军训和政治学习。首先报到的就是特工中队的120人，接着来的是东西乡和城郊的农民武装，还有各乡的贫苦农民，他们事先没有经过组织，而是闻风自动前来要求参加的。但是，蓝田是一个小小的村子，一下子集中五六百人，还要进行训练，不仅无处藏身，即使正式暴动，也不能不防范敌人的袭击。于是改变计划，除留部分基本队伍与指挥部一起行动外（由许万志负责），其他人员报到编队，发给符号后，即回原地待命。指挥部后来也转移到桐柏宫继续办理报到。短短一周内先后报到、编队、发给符号的，共计460余人，除特工中队120人外，回去待命的尚有340多人。而黄沙和龙宫马岙的人，都没来报到。

接着，指挥部研究确定了各级指挥人员的名单：第一支队长是浙南派来的；第一大队大队长袁存生、副大队长林水闹，第二大队大队长周振三、副大队长周传帽；第一大队中队长王老满，特工中队中队长周传帽（兼）、副中队长周祖浩，特工中队由指挥部直接领导。

六七天内，四五百个带着武器的人来来往往，谁不知道？各地豪绅地主，早已大喊大叫，惊慌失措了。

天台县政府也急电求救了，在桐柏宫继续报到的第三天，敌人即调集新昌、天台、临海三县的省防军来向我军进攻。指挥部得悉后，即命令特工队分两路出击：一路由第一大队大队长袁存生率领，从蓝田村出击；一路由特工中队中队长周传帽率领，从桐柏大岭出击。两路工农红军追至岭脚，敌人听到我军的快枪声，不知虚实，不敢前进，缩回天台城内去了。

指挥部研究，黄沙和龙宫马岙两批人马未到，我军力量单薄，不能再在桐柏宫坚守，应立即转移到石坦、崔岙一带，既便于迎接未到的两路队伍，也可以使敌人一时找不到攻击目标，以迷惑敌人。

指挥部转移到石坦后，认为在石坦等待，仍容易为敌人所乘，不如分两路迎接，较为主动隐蔽。于是命令特工中队大部，回北山迎接龙宫马岙的同志，留陈彩江等小部和指挥部一道迎接黄沙的同志。

回北山的同志为了隐蔽自己，又分成两股，欢岙的同志回家住宿，其余同志到华顶药师庵住宿。不料龟缩城内的敌人，派出特务，侦察我军行踪，而我们由于连日行动，十分劳累，防备不周，次日凌晨敌人即包围了药师庵，牺牲了7位同志，其余同志冲出敌人的包围，转移到外湖。

指挥部30多人向崔岙转移，经过上塘到燕头岭上，接到了黄沙的同志，就在岙头村，编为浙江省工农红军第二纵队第二支队，由詹耀华任支队长，何少伍任副支队长。部队休息了四天后，开入平镇。当地的商会会长不得不假意殷勤接待。

指挥部进入平镇后，立即派人去街头探听浙江省工农红军第一纵队的消息。不料第一纵队已被敌军阻击在缙云县境，无法来到天台。这是一个意想不到的大变化。指挥部面临这个巨大变化，真是一时不知所措了！撤吧，前功尽弃；等吧，谁知何日能来？而且孤军驻扎在平镇，是十分危险的。为了避免损失，指挥部不得不决定立即撤回上塘。到此地步，今后怎么办，不得不请示上级决定，留在上塘也无意义了。于是对黄沙的同志每人发给草鞋费3元，请他们暂回。指挥部立即撤回外湖，同留在外湖的同志会合。

杨敬燮即回特委请示，路过临海下沙村，不幸被敌人截击，负了重伤，经下沙村群众抢救下来，送回天台，救治无效，当夜就牺牲了。

留在外湖的同志，就在外湖苍山一带打游击。那时因为自身力量太薄弱，不敢轻易去打击地主，避免引起他们的报复，增加我们的困难。路过新昌竹部村时，向当地何占元、何占浪兄弟商借粮食，对方不但不给粮食，反而带保卫团来追击。同志们忍无可忍，烧了他们的房子。地主向新昌县政府控告，齐玉干、齐玉洪两兄弟被捕牺牲。

7月初，大队长袁存生为了与上级党和东乡农民武装取得联系，走到坦头镇时，不幸牺牲。

10月，特委派朱渭宾来天台了解情况，找到了游击队，做了一些安排，补充了一部分人，游击于外湖苍山一带，提高了游击队的士气。但是不久，特委书记石瑞芳被捕，中队长周传帽也在一次突围中被捕牺牲。入冬以后，山高水冷，缺衣少食，实在无法坚持了，队伍只得解散。

在这次起义中，天台县革命力量的损失是惨重的。起义前后，先后牺牲了26名同志，尤其是特委书记石瑞芳的牺牲，使我们上面失去了领导，下面失去了骨干，处境更加艰难，天台地下党直至1932年的上半年都不能恢复斗争。

当时群众遭受的迫害，也是十分惨重的。特别是蓝田村的群众，房子被毁光，全村群众逃亡在外，流浪多年，吃尽苦头。

但是，烈士的鲜血不是白流的，他们的斗争精神给后人的影响和教育是深远的。他们永远活在我们的心中！

牛头山武装起义[*]

林关法

牛头山位于遂昌、宣平（今属武义县）、松阳三县边区，因山形似牛头而得名，四周分布着 30 多个村庄。

起义的组织发动起始于 1927 年。当年 10 月底，宣平马口村的吴谦和西联乡的吴火进来到我们旧处村进行革命活动，他们经常与我父亲林松才接触并住在我家里。两人在与我父亲的频繁接触中，向我们讲述贫苦农民受苦受难、被剥削和压迫的种种情形及原因，宣传革命的道理，不久，吸收了我父亲为中共党员。接着，他俩就把我家作为落脚点，到遂昌东乡的长濂、连头、祥川等村开展工作，秘密发展党员，建立党组织。他俩相继介绍了郑来德、许樟林、张根祥等人加入党组织。

1928 年农历四月的一天，吴谦、吴火进、郑来德、许

---

* 本文原标题为《牛头山地区的武装起义》，收录时做了适当修改。

樟林、张根祥等人一起来到我家，召开秘密会议。会后，郑来德、许樟林、张根祥等人分头回到遂昌东乡开展工作。同时我和大哥林春芳、二哥林春堂、四哥林春贤、六弟林春祥一起加入了中国共产党。

1929年春的一天，宣平的吴谦、汪湘、吴火进、郑汝良等人和遂昌的郑来德、许樟林、张根祥等人又来到我家开会。这次会议由吴谦、汪湘主持（他们都已经是宣平县委委员），商讨了组织武装力量的事宜。会议决定，派何永成到遂昌大西坑源协助组织武装力量，其他同志回原地继续开展工作，遂昌方面工作由郑来德全面负责。

在中共宣平县委的领导下，郑来德、许樟林等一面宣传革命道理，发展组织，一面做武装起义的筹划工作。特别是郑来德，这位地主阶级的叛逆者，加入党组织后，凭借自己地主家庭的有利条件，积极组织革命活动。他们为便于开展工作，还把贫苦农民四五人或七八人一组，组成替人挖山种苞萝（玉米）的"苞萝班"、替人种田耘田打零工的"耘田班"、替人榨油的"榨油班"等群众组织。许樟林就是"榨油班"中的一员。

1930年初到5月，许樟林、刘关明、陈呈根、张根祥等相继在云峰乡的白沙、祥川，濂竹乡的千义坑，马头乡的头弄等地发动农民，成立了遂昌农军东、南、西、北四个营，在云峰乡天堂村设立农军总营。各营分别由徐水太、陈呈根、吴樟土、郑火松负责，许樟林任四营总指挥。各营下设连、排、班等军事组织，每人携带一张印有"土地革命"四个黑体字、盖有农军红色印章、三寸见方大小的白布作为符号，后来改编为遂昌红军游击队。

农军建立后，即开始筹集武器武装自己。当时，除了收集山区农民打猎用的土枪、鸟铳之外，吴谦以采购中草药为名，赴外地购买武器；吴火进以经商为名，到金华、兰溪等地购买军装、手电筒等物资。另外，我们农军又专门组织人员，分别在祥川村和直源村打制土枪和熬制硝药。1930年9月4日，吴谦带了3000余银圆，以采购中草药为掩护，拟经金华、兰溪赶往杭州向住在那里的中共宣平县委书记曾志达汇报遂昌武装起义情况。不幸的是，吴谦去杭州的行动计划被宣平大河源的恶霸鲍益丰和大河源的药店老板徐寿寿知晓，鲍、徐立即合谋向驻兰溪的浙江保安第三团告密，致使吴谦一到兰溪就被捕，9月6日被敌枪杀在兰溪南门外。

遂昌红军游击队一建立，即高举土地革命的旗帜（当时红军旗帜上的图案是镰刀、斧头），以推翻反动派的黑暗统治、推翻剥削政府和压迫制度，实现耕者有其田、穷苦农民翻身求解放为目的；以攻打遂昌等县城，同江西方志敏领导的红十军会合为目标；高呼"打倒国民党反动派，打倒贪官污吏，打倒土豪劣绅"等口号，广泛开展抗租、抗粮、抗交苛捐杂税、惩治土豪劣绅等革命斗争，狠狠地打击了土豪劣绅、地主恶霸的反动气焰，人民群众扬眉吐气。以遂昌东乡为根据地的牛头山武装起义就此拉开了帷幕。

1930年9月初，遂昌红军经九盘岭开赴宣平，与宣平红军西营会合后，再开赴樊岭脚阻击国民党宣平地方部队。敌人受到我们红军阻击时，十分惊慌，准备沿小溪逃走，我们又立即向前拦截。但由于武器品质低劣，虽有300多人，而武器多是柴刀、木棍，许多人甚至空手赤拳，仅有几支土枪，弹头又是锡丸，打出去就熔化成液体，没有威力。敌人发现我们装备没什么杀伤力，就立即反扑过来，宣平红军排长鲍连兴等当场阵亡。大多数同志面对自己的阶级兄弟倒下去，无比悲愤，奋力冲到敌人面前，与敌人展开了肉搏。战斗从上午一直打到接近傍晚，终于杀退敌人，取得了胜利。

　　战斗结束，我军随即返回东坑驻地。途中徐腾进、张正富、王樟根三人掉队，遭门阵保卫团拦截追击。王樟根侥幸脱险到连头村报信，徐腾进、张正富被捕。门阵保卫团的正副团长张大金、张仁贵十分残忍，砍断了徐腾进、张正富的足筋，然后又把两人活埋了。在这以前，宣平红军西营副指挥邹广春在离门阵不远的红花竹园侦察地形，遭门阵保卫团围捕杀害；宣平红军战士赖金海在门阵附近侦察敌情，也遭门阵保卫团袭击，手臂被砍得鲜血淋漓，负伤脱险回来。门阵保卫团残杀我们农军的罪行，使指战员们个个怒不可遏，为死难兄弟报仇的呼声一阵高过一阵。9月12日，遂昌红军总指挥许樟林和宣平红军西营指挥郑汝良率领指战员奔赴门阵攻敌。

　　正午时分，我们怀着满腔怒火发起猛烈攻击，杀声响彻山谷。但敌人在地理和武器上占有绝对优势，我们一时很难攻进去。此时，我军战士黄通金趁敌不备潜入村庄，放火烧着了敌人巢穴附近的一座灰棚。因此，敌人立即乱了阵脚，我们乘机猛攻，杀得敌人死的死、伤的伤，狼狈逃窜，溜进了深山。

袭击门阵之敌后，我军又返回东坑驻地。此时，两县红军领导人郑来德、许樟林、郑汝良等在我家召开了一次军事会议，主要是研究下一步的行动方案。会上，大家认为，敌人之后会更加疯狂地"围剿"我军。这次战斗，我军本想烧毁敌人巢穴，后因火势蔓延迅速，使门阵村45户中的38户房屋被烧毁，严重殃及人民群众。我军处境不利，决定马上转移。根据郑来德的建议，会议决定两县红军都转移到牛头山上的遂昌天堂村驻扎。

次日凌晨，两县红军经旧处、大坪田、九盘岭到达天堂村。当日，卢子敬、陈风山率松阳红军也来到天堂村会师。三县红军1000余名指战员会集天堂村，声势浩大，士气十分高涨。天堂村坐落在牛头山半山腰上，原是遂昌红军总营地，三县红军会集此地后，一面惩治地主恶霸，打击反动势力，宣传革命道理，发动人民群众参加革命；一面筹集粮草和武器弹药，准备攻打遂昌县城。在此期间，遂昌红军袭击了云峰乡柿亨村周寅儿家，缴获了一些土炮、土枪、马匹等，还袭击了濂竹瓦窑岗村的反动组织"百子会"，缴获了迫击炮、军号等。

1930 年 9 月中下旬，遂昌、宣平、汤溪、松阳四县的国民党驻军、警察以及当地的地主武装，联合向我军驻地天堂村发起"围剿"，同时，我们又接到吴谦在兰溪遇难的不幸消息，情况十分不利。党组织一面安定军心，一面研究应敌之策，最后决定兵分两路，一路由郑汝良等领导向宣平上坦方向转移，另一路由许樟林等领导率领转移到牛头山的天师殿。

9 月 17 日，郑汝良率部向上坦方向转移，途中遭敌堵截，战斗失利。时值中央特派员、中共宣平县委书记曾志达回宣平视察工作。曾志达欲对红军进行精编整顿，开展游击斗争，在上坦祠堂召开宣平红军大会，贯彻精编整顿的方针。但多数指战员对此不理解，当场表示反对，并提出要散大家一起散。值此人心不定之际，敌人已在奸细吴金木的带领下向我红军发起了进攻，我指战员奋力突围，无奈人心不齐，秩序混乱，许多战士自行解散。突围部队又不断遭敌围追堵截，只好疏散隐蔽。许樟林率领的一路在向牛头山的天师殿转移途中，在角头山一带遭敌伏击，遂昌红军战士郑世法等人当场阵亡。在敌强我弱的恶劣情况下，红军指战员仍奋力反击，经过三个多小时的浴血奋战，终因敌我力量悬殊而失利。红军指战员边打边退往天师殿，在天师殿坚守到天黑，然后分小股撤退，疏散隐蔽。翌日，红军营地天师殿被敌烧毁。

敌人"围剿"得势后，立即展开全面搜捕，惨无人道地捕杀红军和革命群众。敌人挨家挨户地搜查、追捕红军，同时采取引诱、威逼、抢劫、烧杀等各种残忍的手段，迫使红军自首，然后加以杀害。9月25日，国民党浙江省政府又派出保安第一团，开赴牛头山区镇压红军，屠杀革命群众。敌人疯狂叫嚣"烧光东坑，杀光祥川"，将整个东坑村烧为一片灰烬，祥川村的男女老少被迫背井离乡，外逃避难，整个村庄长达八天断绝人烟。在那白色恐怖下，遂昌红军有24人被杀害，18人被捕入狱，漂泊流浪者不计其数，共78户家破人亡。10月18日，宣平红军西营领导人郑汝良、吴火进、沈才林、傅土法、徐者四秘密来到我家，联络和商议再图武装斗争事宜，不幸被宣平马栏村的徐火法告密。敌人派出一个排的省防军，在地主武装的配合下，共百余人，连夜前往追捕。我父亲被敌杀害，我兄弟六人向屋后深山隐蔽，郑汝良等向宣平大坑下撤退，在大坑下与敌人遭遇，郑汝良等奋力突围后分头隐蔽。

在敌人的严密搜捕下，我军指战员牺牲的牺牲，被捕的被捕，外逃隐蔽的外逃隐蔽，牛头山武装起义就这样被敌人镇压了。

起义武装红一师

施若愚

　　1930 年 7 月，党、团、工会合并的江南省委行动委员会，计划在浙东三北地区（余姚、慈溪、镇海三县之北部地区）组织武装起义，以配合中心城市的武装起义，并派史济勋到余姚具体帮助指导。中共余姚县委迅速在姚北组建了一支起义队伍，即由江苏总行动委员会命名的浙东工农红军第一师。这支武装从建立到解散前后不到 4 个月，但在余姚的革命斗争史册上，却留下了令人难忘的一页。

　　余姚姚北一带，素称粮棉之仓，也是一处富有革命斗争传统的地方。1924 年 7 月爆发的余姚盐民怒打秤放局的斗争，不仅是当时浙江最大的一场罢工运动，也是中国工人运动自二七大罢工以来由低潮转为恢复发展的标志之一。1926 年，中国共产党先后在这里的盐民和农民中建立了党的支部，也是中共余姚党的历史上最早的两个支部。在大革命时期，党领导这里的群众普遍建立了盐民协会、农民协会等组织，投入了轰轰烈烈的工农革命运动，并在斗争中团结和培养了一批知名人士和党的骨干分子。被江苏总行动委员会任命为浙东工农红军第一师师长的费德昭，就是其中之一。

费德昭大革命时期曾任余姚县工农纠察队队长，在姚北一带声望甚高。大革命失败后，他就疏散队员，埋藏枪械，隐居在家。但反动当局并没有因此而放过他，采用种种手段对其进行迫害。尤其是1928年春，其次子费永禄死于国民党军队的枪口之下，费德昭被迫携家眷东躲西藏流亡在外。

史济勋作为费德昭的同乡，两人在大革命时期已有交往，他熟知费德昭的为人，也了解其近几年来的处境。因此，接受了江苏总行动委员会的任务后，他当即写信给费德昭，约费赴沪会晤，共商义举。

费德昭收悉史济勋的来信，随即派其四子费永思赴沪。史济勋简要地向他提出了在三北组织起义，准备请其父出面领导等计划。费永思觉得事关重大，答应向父禀报后再予答复。史济勋却坦然相告："我知道你父的脾气，他是不会有什么异议的。"于是史、费相携回姚。

抵达余姚后，费永思即先行回家向父禀告，史济勋则设法与中共余姚县委书记朱亚之取得了联系。史济勋向县委传达了中共决议精神，提出要在浙东三北地区组织农民、盐民起义，准备运用费德昭的力量，并加以扩充，然后攻打余姚、宁波等城市，建立地方政权，进行土地革命。于是，中共余姚县委做出决定：由县委副书记洪传扃（曾为叶挺独立团战士，参加过广州起义）和县委委员胡尧田等前往坎墩，协助史济勋组织武装，领导三北起义，朱亚之与另两名县委委员坚守姚城，负责情报、物资的搜集和转递。

随后，史、洪来到姚北坎墩，与费德昭商谈组织起义事宜。费德昭完全赞同中央的起义主张，招纳旧部建立武装之事也就一拍即合。6月底，费德昭写信给我，大意是："姚北准备有计划地组织游击队，上面已经来人，请你也来姚……"省委同意我来姚北组织武装。于是，7月10日我来余姚，与费碰了面，还见到了史济勋、洪传局、陈小平等人，我们共同讨论研究了行动计划。

游击队人员来源：以费德昭的原余姚县工农纠察队人员为基础，组织当地农民和盐贩子参加。

武器来源：把费德昭原有的武器全部挖掘出来，同时筹募经费去购买，并向国民党部队、警察局及地主武装去收缴。

加强党对部队的领导：部队内成立一个党的基本支部。组织开展广泛的政治宣传活动，在四乡张贴标语，以壮声势。

部队组成后的行动：在水上联络各重要关口，打通水上交通，伺机攻打余姚和宁波等城市。预备上山向四明山区发展，准备打游击。

行动计划确定以后就立即见诸行动了，首先把费德昭手下原有的一批人组织了起来，共六七十人，又以结拜兄弟的形式，动员一批人来参加。

武器方面，费德昭将原有的武器都拿了出来，史济勋去上海购买了一批，另外又从警察局、地主保卫团那里缴了一批，实力逐渐雄厚起来。

我们还成立了一个军事行动委员会，由史济勋、洪传局、费德昭、罗希三、徐云千等人组成。胡尧田、王连英、费永思等负责动员青年参军，组织盐民、农民队伍，编造花名册及商定联络办法，当时编入花名册的一度达到400人左右；我和徐云千负责宣传，草拟张贴标语、口号；同时还制作了标有镰刀、斧头图案的军旗一面；洪传局等则分工负责筹集枪支、弹药，组织武装队伍。

1930年8月，江南省委行动委员会派人来到姚北，以江南省委总行动委员会的名义，把起义队伍命名为浙东工农红军第一师（以下简称红一师），任命费德昭为师长，史济勋为党代表，洪传局为政治部主任。同时，分工罗希三担任组织部部长，徐云千任宣传部部长，胡尧田为农运部部长，费永思任联络参谋兼总务之职。红一师内部还建立了党、团组织，由史济勋兼任党支部书记，王连英负责青年团的工作。当时，红一师在编人员百余人，分设为两营（未设团一级编制），按营、连、排、班的序列编组，配有长枪40余支，短枪若干。师部设于余姚坎墩六灶庵。

在党的领导下，组织了一些小型的游击战，主要目标是打击一些集镇的警察所及地主武装，捕捉零星匪敌，缴获他们的武器，装备自己。

红一师首次作战行动是奔袭姚西黄家埠地主武装，但因该处环境复杂，四周均为运河，再加上内中保卫团戒备森严，未能突破，只好撤回。第二次行动是去慈溪西蜀山的蔡宅缴枪，宅主蔡伯均（人称"蔡老高"）系慈溪西大地主，洪传局的舅父，多年来自设保卫团。8月11日夜间，洪传局带两名战士为一组，以探访舅父为名，见机行事；郑尧炳率另一组隐匿蔡宅周围接应。由于蔡伯均拒绝缴枪，什长王义才又欲偷袭，红军战士当场击毙王义才，打伤蔡伯均，还缴了一些枪支。

此后，红一师还先后在百官、横河、丈亭、逍路头、宁波郊区等地袭击警察所及缉私盐兵，多次打击地主武装。1930年下半年，又到慈溪蜀山渡打败了蔡家地主武装，洪传局在这次战斗中负了伤。

我在部队是搞宣传工作的，曾写了很多标语，标语的内容是我们自己拟的，写好的标语装在篮子里。部队打仗时，打到哪里就把标语贴到哪里。浙东工农红军的番号确定以后，我们用两匹红布制成了臂章，臂章上写着"工农红军"四个字。

随着武装起义的深入，下一步准备攻打浒山警察局，然后向宁波等较大城镇进逼。地主阶级和国民党当局十分恐慌，向省党部告急。1930年10月，国民党省防军从杭州湾渡海在姚北登陆，驻扎在坎墩六灶庵，疯狂镇压农民运动。

首先是大肆逮捕农民和红军家属，捣毁了费德昭的家，然后步步向红军进攻。红军当时未经严格的军事训练，党就把红军疏散到各地进行游击活动。

红一师隐匿田间，依托青纱帐，与敌僵持月余。附近农民则乘下地劳作之机给红军担饭送粮，传递敌情。其间，地主武装罗二元派手下孙尧铨伪装牧牛，窥探我们的动向，被红军战士击毙于旷野。以后，敌军更不敢轻举妄动。

到 10 月底，田间作物已收割殆尽，气候也日趋寒冷，旷野已失去了藏身之处，而国民党军队加紧了对红军的"围剿"，红一师的处境和行动越来越艰难。在此情况下，红一师军事行动委员会就今后部队活动进行了讨论，认为在敌我力量悬殊的情况下，要再组织有规模、有把握的武装起义已十分困难。为了避免起义失利，使群众免遭损失，行动委员会被迫停止行动，目标暴露的人员暂时退避上海。

此后不久，史济勋、洪传局、罗希三、徐云千及胡尧田等均从镇海搭船离开浙东，抵达上海。随后，费德昭也携家眷避居沪上。浙东工农红军第一师的活动就告停止，但红一师在当地播下了革命的火种。

攻打后垟里

郑贤塘

1930 年 6 月间，国民党反动派猖狂地准备向瑞安飞云江南岸即我们党的工作地区发动全面进攻，尤其是利用发展青红帮组织，把农村中的地主富农等反动势力统统纠集在一起，企图一举扑灭我们党的力量。为了粉碎敌人这个阴谋，中共瑞安县委根据上级党组织指示，积极准备在南区组织一次武装起义攻打后垟里，以便给敌人当头一棒。

起义原定于农历六月底进行，南区各个村子挑选精干赤卫队队员组成敢死队，并动员群众参加战斗，同时派人到各处运来子弹，准备多种枪炮火药，妇女们赶制起义农军军衣。全区都在秘密地进行战前准备工作，一场革命风暴就要开始了。

我那时 40 多岁，表面是一个篾匠，实际担任中共瑞安县委书记。农历六月二十四，一个炎热的中午，我挑着一担沉重的篾匠工具箱，跳上从瑞安县城开往飞云江上游的小火轮，船刚刚在仙降靠岸，我就跨上埠头，直朝红堂后村急忙走去。到了红堂后村大榕树边的一座茅屋前，我停下脚步看看四周没有什么人，就一边跨进门槛，一边喊："大嫂在家吗?"中堂边门出现了一位30多岁的中年妇女，她看到我后马上迎出来热情地说："老郑师傅，你可来了，把老徐等得急死了!"我走进房内，正躺在床上打瞌睡的徐赵青翻身坐了起来，口里不停地说："唉，真叫人等得急死了!"徐赵青是南区区委书记。

徐赵青见了我，别的不问，第一句话就问："子弹弄到手了没有?"我高兴地指着工具箱说："够敌人吃个饱，你自己看看去吧!"老徐乐得像个小孩一样，光着脚从床上跳下来，他掀开木箱，把篾刀等工具乱七八糟丢到地上，只见箱底整整齐齐放着一排排亮晶晶的步枪子弹，笑得连嘴也合不拢，兴奋地问："老郑，一共多少发?"我说："一共是200发。加上以前的，每支步枪可以分摊到8发子弹了。为了这200发子弹，县委不知花了多少心血。老徐，我们要好好干，才对得起党。"他说："那还用说。红十三军打平阳后，给我们留下了50多支步枪。今天再有这么多子弹，加上土炮和大刀，保险可以把民团和青帮打得落花流水。"

老徐的话还未说完，垟坑的一个赤卫队队员慌慌张张地跑进门来，气呼呼地说："青帮头子叶阿云带了十多个徒弟从新渡桥下来，把朱阿琴抓走了，还嚣张地扬言要到仙降抓人哩。"我和老徐商量后，决定把武装起义时间提前到当晚，一面派人到下西垟等地召集几十人去垟坑抓青帮头子，救回朱阿琴；一面派人通知各个支部带领农民赤卫队晚上到下屿宫集中，统一部署攻打后垟里的战斗。

下令逮捕青帮头子，这是起义的一颗信号弹，紧接着就要掀起全区性的起义。我决定亲自去处理这件事。我和老徐走到红堂后村通向垟坑的大道上，看见远处20多个农民赤卫队队员押着几个青帮头子朝这边走来，我身不由己地加快了脚步，心想这颗起义信号弹终于打响了。走在农民赤卫队前面的是个彪形大汉，他腰里插着驳壳枪，手里握着鬼头刀，刀把上二尺多长的红布被风刮得猎猎作响，威风凛凛地迈着大步朝前走，他就是区武装委员、农民赤卫队大队长阿李。"这些怕死鬼，还吹什么'仙法'。我们一声喊，个个就吓得像过街老鼠一样，只管自己逃命。我们一个冲锋都给抓来了。"阿李指着捆得像一串河蟹似的青帮头子们，带着爽朗的笑声对我说。"好，我们就在这里审判他们。"我带头走进路边的四角凉亭。

一丈见方的小亭子，这时变成了审判反革命的临时法庭。四个青帮头子被队员捆在四根柱子上，农民赤卫队团团围住亭子，老郑走到青帮头子叶阿云面前，高声说："叶阿云，你放老实些，你在曹村、马岙一带，究竟有多少徒弟？""有千把人……"叶阿云战战兢兢地说。

"你为什么抓走朱阿琴？"叶阿云吞吞吐吐的，"这……这……"队员们发火了："这什么！快说，不说就砍了你的头。"

"我说,我说。那是准备了解你们武力的虚实。"果然不出所料,原来敌人想先摸清我们武装的底细,进而破坏武装起义。我更逼近一步问:"你老老实实说,你们下一步准备怎样破坏革命?""县长要我先来南区抓几个人探听虚实。他们已经知道你们最近要闹武装起义,准备从温州调来两个多连的部队,另外平阳县也增加了一个多连的人,后天就从瑞安、陶山、平阳三路来合围南区,把你们统统抓起来。"叶阿云交代。

我和老徐、阿李商量了一下,决定按原来的战斗计划进行,今晚攻下后垟里,肃清南区的反动势力;然后把部队拉到适宜活动的地区去,留下部分骨干坚持南区的地方工作。为了防备敌人合围,我又派交通员去陶山、平阳等地和农民赤卫队联系,请他们做好拦截准备。

赤卫队队员斩了罪行累累的叶阿云等反革命分子,我叫人在凉亭的柱子上贴了一张用毛笔写的布告,内容如下:"青帮反动头子叶阿云等四人,自大革命失败以来,即与革命为敌,先后捕杀我革命志士数十人,今天又胆敢来本地捕人。现按照革命法令将四人判处死刑!"

当天下午,"晚上攻打后垟里"的消息传遍了南区,全区农民赤卫队、农民自卫队以及许多自告奋勇来参加战斗的群众,分头在干部带领下,扛着红旗,带着武器,从四面八方拥向指定集合地点下屿宫。7点半,下屿宫内外红旗招展、人声鼎沸，集中了 3000 多个农民。赤卫队队员一律穿着蓝色军衣，戴着蓝色圆形硬壳军帽，一条红布围在颈上；自卫队队员和参战群众都有一块红布缚在手臂上当标志，他们带的武器有步枪、长矛、大刀，还有从各地集中来的几十门土炮和 300 多支土枪。大殿里燃起熊熊的火把，平时供奉牲礼的石供桌成为临时演讲台，老徐站在台上激动地向大家宣布南区武装起义今晚就要打响了。接着，我做了战斗动员："多少年来，我们农民终年像牛马一样劳动，却落得挨饿受冻，而土豪劣绅整日空着双手，却住洋楼穿绸缎，这难道是我们的命不好吗？不！绝不是，这是他们霸占了我们的田地，抢走了我们用血汗换来的劳动果实。""难道我们就这样受敌人摆布吗？不！决不能这样，我们一定要拿起枪来把革命干到底，推翻蒋介石的反动统治。眼下，首先要把南区的反动派肃清，巩固我们自己的地区。"

老徐对大家说："现在要组织一支 300 多人的先锋队，作为武装起义的主力，谁愿意参加就报名……"他的话还没有说完，人群中就纷纷举起手来。我们的队伍分为两路：一路由我带领去攻袭后垟里；另一路由老徐带领去南岸设下埋伏，截击从城区来增援的敌人，并约定在后垟里会合。10 点左右，两路人马在火把照耀下分头向目的地开拔，远远望去就像两条巨龙向前奔腾。

后垟里的大地主李伯襄不仅拥有 1000 多亩良田，而且家里豢养着民团，还在南区一带残害群众和共产党员数十人。他在房子四周筑起一道两人高、两尺多厚的青石围墙，墙上密密麻麻地挖了许多枪眼，墙外是三丈来宽的河道，一到天黑就将南边那道板桥的桥板抽掉，除非用渡船，否则是进不了他的房子的。当我带领的农民起义队伍挺进到离后垟里3里路左右时，熄灭了火把，人声也静下来，队伍在漆黑的夜晚继续前进。我和阿李跑在队伍的前面，并挨个向后传下命令："大队人马先在村外听候命令，由先锋队负责攻袭李伯襄房子。"

队伍一靠近李伯襄院子，敌人的哨兵听到响声就喊起口令，接着就打了几枪，引起一阵狂乱的狗吠声。紧随枪声和狗吠声，从李伯襄院子里传来一阵阵杂乱的脚步声和粗鲁的骂声，一会儿又静了下来，大约已经做好战斗准备，伏到围墙的枪眼上企图顽抗。我和阿李伏在河边仔细地观察地形，阿李贴向我的耳朵兴奋地说："我看用火攻。"他指着洋楼前面的三堆黑家伙说："老郑，你看，那不是三堆稻草吗？只要用长竹竿挑着浸满煤油的棉花，点着火往稻草堆上一放，稻草着火了，房子也就会着火，这样我们再用船搭桥，就可以冲上去了。""好办法，立即行动。"阿李就派人去找煤油和棉花，同时再三交代队员们只许呐喊不许还击，注意节约子弹。

为了瓦解敌人军心，我又组织了喊话队，对着洋楼喊起话来："民团兄弟们，现在你们已经被我们包围了。你们大部分都是被敌人欺骗的穷人，如果你们交出李伯襄，一定会宽大你们……"敌人回答的是一阵步枪射击声，大约敌人看到农民赤卫队只是呐喊没有攻击，认为是虚张声势没什么了不起。枪声一停，李伯襄就哈哈大笑说："你们谁要送死就游水过来，李老爷赏给你一颗花生米。"

"狗生的，死在眼前了，还在逞强，同志们赏他几炮，堵住他的狗嘴！"阿李急得火起，就命队员放土炮。农民赤卫队的土炮有大红衣、九节、猪娘炮（火药炮），里面装的是破犁头、破锄头的片末，还有铁匠用剩的铁碎，杀伤力很强。"轰！轰！轰！"接连几炮，震得天地晃动，把敌人的火力压下去了。

煤油和棉花都拿来了，阿李抽出一个班多人准备分四处向稻草堆点火，组织了 20 条步枪和 5 门土炮做掩护，还组织了熟悉水性和会划船的 20 多人的突击队。一切准备停当，队员们把浸着煤油的棉花球点燃，一齐用竹竿挑到围墙边的草堆上，"哗"的一下都着火了，不一会儿烈焰就冲天而起，加上东风一刮，火舌很快就蹿进洋楼。一会儿，洋楼成了火海，火光把漆黑的夜空映成一片红色。这一下可把敌人吓慌了，喊救声和哭声响成一片。

赤卫队的 20 条步枪和 5 门土炮借着火光准确地向敌人射击，阿李抓住有利时机带头跳下小船，领着突击队向前直冲，队员也划着船迅速地向围墙靠近。阿李投出一个手榴弹，把围墙炸开一个缺口，他跳上岸带着突击队在火光中冲进墙里。不到 10 分钟，战斗就结束了，共俘虏民团团丁和李伯襄家属20多人，打死和烧死七八人，李伯襄也葬身火海了，缴获长短枪17支。

另一路由徐赵青带领的农民队伍刚刚赶到南岸码头，就听到后垟里方向响起枪声，老徐把300多人分布在江岸上，还在码头附近安上10门土炮，全力监视江北岸县城敌人的动向。当后垟里响起土炮、腾起冲天火焰的时候，停泊在北岸码头附近的一艘海关巡逻炮艇突然响起了马达声，老徐命令队员朝江北岸"轰轰"开了10响土炮，那炮艇大概认为是红军炮兵向它轰击，夹着尾巴没命地朝外海逃跑了。后垟里的枪炮声震动了整个县城，仍是看不到敌人有什么行动，大概敌人怕红军直捣县城，只顾保自己的命了。

后垟里的战斗胜利结束以后，为了准备长期斗争，我们决定先锋队迅速撤离南区，到靠近五云山的潘岙一带去活动，然后再伺机进攻。不久，传来好消息，红十三军主要负责人陈文杰同志带领着主力红军来了，我们这支武装补充到了十三军中去，成为红十三军的主要力量之一，转战在温州各地。

缪家桥盐民暴动

郑洪泽　　郑贤塘

从平阳县鳌江口直到巴曹，沿江有 20 多里长的海滩，遍布着 2 万多亩盐田，住着千余家靠晒盐为生的盐民。过去，他们自己晒盐，自己可以卖盐给商人、小贩，由商人运往鳌江镇报税。1924 年，平阳县出了一条"盐虫"，就是劣绅方慎生，他出面向盐局包了税，在白沙路一带设立了 18 个盐堆，每个盐堆设司秤一人、管理员一人、盐警两人至四人。盐民晒盐时，人先到盐场估盐，盐民早上去领了签才能晒盐，傍晚升起旗子扫盐归仓，如不按时送到便要罚款。盐民用木桶盛着自己的盐，送往盐堆存放，不知何时卖掉何时算钱。税金高到每百斤要缴 10 元，盐民实际收入每百斤只 1 元多钱。盐税重，盐民苦，盐警凶，人难活，这激起了盐民的极端不满，仇恨的烈火在他们胸中暗暗燃烧着。

1924 年春的一天，两个盐警到刘店鲍老二家买肉和豆腐，拿了东西不付钱，还打了鲍老二。一个叫刘开挺的盐民心中不平，与他们评理，竟被盐警当场枪杀。恰好缪家桥海头村贫苦盐民吴信直经过，目睹惨景，忍无可忍，就一把抓住那个盐警要他抵命，旁边的人怕吴信直吃亏，把他拉开了。吴信直一口气跑回缪家桥，猛力地擂起祠堂堂鼓，召来了几百个盐民。他悲愤地对大家说："刘店的盐兵杀死刘开挺，我们一定要杀尽刘店的盐兵，替刘开挺报仇，替穷人出气。我们穷人也是人，绝不能给杀了就算。"大家听了个个义愤填膺，都回家去拿武器，吴信直回家拿了一条八尺棒，这时大家已集中了，有的拿着长矛，有的拿着梭镖，准备到刘店与盐警队厮杀。刚要出发，刘店那边派人来送信，说盐警队已做好了战斗准备，吴信直只得忍气解散了队伍，叫大家回去。他一个人留在祠堂里，满腔仇恨无处发泄，就拿起鼓槌拼命地擂大鼓，鼓声震动了整个缪家桥，吓得那些盐警心惊肉跳，以后好几个月不敢到这一带为非作歹。

为了替穷人报仇，盐民曾经自发地进行了无数次斗争。同年5月的一天夜里，吴信直、博全吉等人带领几十个盐民，手拿着棍棒、朴刀，到方良盐局，杀死一个盐警和盐"师爷"，杀伤三个盐警，缴了他们的枪，并放火烧了盐堆。这件事发生后，国民党反动政府马上派兵镇压，一个盐民被砍死了，两个盐民被捕后死在狱中，有的房屋被烧、盐堆被铲，吴信直被"通缉"。最后，盐民还被迫集资给两个死了的盐警赔款 1000 元。这次暴动就这样被血腥镇压下去。1926 年，吴信直又组织盐民暴动，纷纷到盐堆挑回自己的盐，还拆毁了好几个盐堆。但是，由于缺乏组织上的坚强领导，又失败了。

1926 年秋天，党中央派张培农到宜山宣传发动农民群众，组织农民协会。吴信直从白沙赶到宜山，听到了宣传，快活得跳起来，马上把张培农请到自己家里。第二天，在缪家桥土地庙里召开了盐民大会，张培农向 1000 多个盐民宣传了农会的好处，要大家组织起来，打倒土豪劣绅、贪官污吏，打倒官僚资本家，进行减租减息。不久，宜山农会成立了，吴信直被选为农会会长，会址就设在吴信直家中，他在屋前的空地上竖起了一面迎风招展的大红旗。从此以后，吴信直就组织农民和地主进行斗争。1926 年 11 月的一天夜晚，在温州黄屿的一条河船上，吴信直光荣地加入了中国共产党，他激动地对着纸制的党旗宣誓："把我的一切贡献给党。"

1927 年初，北伐军进入浙江后，平阳县的农民运动发展更加蓬勃，县农会决定于 3 月 18 日举行农民示威大游行。吴信直先带人冲入大地主吴醒玉住的"一笑楼"，他把吴醒玉捆绑好，像背猪一样背了出来，大家给这个作恶多端的地主恶霸戴上高帽押着游街，农民高呼口号："打倒吴醒玉！""打倒贪官污吏！"

1927 年四一二反革命政变后，国民党反动派马上宣布解散平阳县农会，逮捕农会领导人。当时，平阳县各地农会都停止了活动，只有缪家桥农会的红旗仍旧高高飘扬在天空。敌人对吴信直当然不放过，到处悬赏追捕，几次烧了他家的房子，但吴信直的革命意志如钢铁般坚强，仍坚持领导农民进行革命斗争。平阳人民看到党在活动，他们相信：共产党还在，革命仍在继续，革命最后一定会胜利。

为了求解放，必须要有枪。吴信直和广大贫苦盐民认识到，敌人有枪，我们也必须有枪；敌人磨刀，我们也必须磨刀。针锋相对，革命才会胜利。平阳县委开会研究，为了打击敌人、保护自己，开展武装斗争，决定设法购买枪支。可是到哪里去掏钱买枪呢？盐民兄弟们都很穷，连饭也吃不饱，哪有钱呢？

1930年3月间，吴信直先派几个革命群众通过各种关系打入白沙十多个盐堆当上盐警，了解各个盐堆内部的虚实，情况都弄清楚了，就动手缴枪。一个黑沉沉的夜晚，吴信直带了一支手枪，领着十多个同志慢慢走到第一个盐堆，只听里面静悄悄的，他紧急地擂起门来，里边一个盐警大概从睡梦中刚醒过来，问道："是谁？半夜三更敲什么门？"那个打入盐堆当盐警的群众马上回答："快起来，是缉私营到了。"那个盐警一听连忙边答应边穿衣服出来开门，门一开吴信直就带人冲了进去，吓得盐警目瞪口呆，一齐乖乖地做了俘虏，并且缴了1支长枪、2支手枪。旗开得胜，第一仗打得很漂亮。就这样，一夜之间袭击了17个盐堆，顺利地缴来30多支长短枪，还有许多子弹。第二天，这消息像生了腿一样到处传开了，敌人吓得丧魂丢魄坐立不安，群众闻讯拍手称快，一传十、十传百，把这事作为神奇的传说进行传播。

这次胜利缴枪以后，吴信直组织了40人的武装队伍，在灵溪大玉苍山活动；他们还配合红十三军，展开更大的武装斗争。直到现在，在平阳宜山区人民群众中，还传颂着吴信直卖女买枪打豺狼的英勇事迹。

劈监越狱

程方明

1930 年初，温岭县坞根游击队力量迅速发展壮大，斗争波及温岭、玉环、乐清三县，闹得反动政府惶惶不可终日。特别是 2 月 20 日湖头、上王初战告捷，狠狠打击了地主武装的反动气焰。国民党反动派得到报告后，更是恼羞成怒，必欲置游击队于死地而后快。

3 月，温岭县政府纠集各地保卫团以及驻温岭浙江保安队、水管队，水陆并进包围了坞根。游击队为了保存有生力量，实行"敌进我退"的战术，化整为零，分散隐蔽。柳苦民、程顺昌等人在附近岛屿上活动，赵裕平带了一支游击小分队，到雁荡山一带隐蔽，我在这支小分队担任队长。

国民党反动派到处安插密探，我们一住下，驻大荆国民党军队就得到密报，3 月 18 日突然来了二三十个国民党兵，包围了南碧霄寺。我们 8 个游击队队员，有 5 支手枪、3 支木壳枪，我们准备跟敌人拼了。方丈考虑到寺庙和香客的安全，坚决阻拦，他把我们的武器藏在寺庙屋瓦下面，敌人进来后将寺庙里里外外搜查一遍，连香客、住客统统都要搜身，最后只从一张床铺底下搜出一包衣服，硬说我们这些人都是土匪，要全部抓走。当夜捕去 18 人，包括我们 8 人、土匪 8 人、香客 2 人。在押解至大荆途中，游击队队员程声梓假装解手乘机逃脱，他先回到南碧霄寺拿回 3 支木壳枪，又去白溪毛蜒找到赵裕平报告了情况。赵裕平为了营救我们，当夜托人请地方士绅出面保释未成，于是决定回毛蜒岛向柳苦民报告，一路闯过敌哨卡，摆脱敌巡逻队追击，几经周折终于当夜赶回毛蜒，柳苦民、程顺昌、赵裕平连夜开会研究营救办法。

我们在大荆被关了两夜后，敌人释放了香客，其余人转解乐清县监狱。我们虽身陷囹圄，但相信组织一定会想方设法营救我们。入狱不久，游击队派我兄程方福带着银圆来探监，一面贿赂牢头，一面四处活动申请保释。但乐清县政府批文：此案属共匪犯，案情重大，不准保释。我们得悉保释无望，就商量劈监越狱。通过程方福与游击队联系后，柳苦民决定派部队接应我们的越狱行动。程方福第二次来探监，暗中送来 4300 块银圆及 3 支木壳枪、8 把铁锹（开脚镣手铐用），放在草包里，作为家属探监送来吃的东西，挂在牢门口。牢头都受过我们贿赂，对送来的东西不做检查，就转到我们手里。我们乘机与程方福约定行动时间，里应外合准备进行越狱。

4 月 18 日夜，柳苦民亲率 100 多人，分三只船来乐清慢桥接应。乐清城里传闻红军游击队五六百人来攻城，风声很大，人心惶惶，反动派注意力都集中去对付游击队攻城，放松了对监狱的管理，我们抓紧做好越狱的一切准备。就在这紧要关头，却发生了件意外的事情：一个老犯人突然大喊大嚷，扬言要向管狱员报告我们要越狱，先把我们 7 人提去杀头。这个老犯人叫王国，他在牢里放高利贷，有 300 块银圆放给同监"犯人"，怕我们劈监出去，"犯人"都逃光了，债款收不回。我见此情，让吴云祥出面做工作，吴是本地人，有一定的势力，谅王国不敢不买账。吴先递给王国 50 块银圆作为小意思，并担保劈监出去后，放出去的 300 元本利全部由他负责。狱内的事态虽然平息了，但贻误了接应时间，柳苦民见城内无动静，也不明白是什么情况，就撤回了部队。这一夜，我们狱中 7 个队员，重新商量越狱计划到天亮，充分估计可能出现的各种情况，商定应变措施。

次日早晨，牢头送来早饭，我们 7 个人抢先站在狱窗口，把饭接进来再转送给其他"犯人"，免得他人与牢头接触走漏了风声。我把三支木壳枪分给吴云祥、程祥云各一支，自己留一支。到下午 4 点钟放风时间，牢头来开门，前脚踏进牢门就被抓进来捆起，第二个、第三个是进来一个捆绑一个。最后一个体粗力大，我们事先准备好了对付他的办法，当他把身子低下朝牢房里探头时，我们埋伏在门后的两个人就势把他拽了进来，还没等他喊出声来，木壳枪已逼到他的胸前，身后有人用手臂死死勒住他的脖子，这家伙一见黑乎乎的枪口吓得身子矮了一截，乖乖地被我们捆绑起来了。

到黄昏时分，我们用铁锹把脚镣手铐凿开，7个游击队队员打头阵，用3支木壳枪开路，领着狱中三四十名狱友往外冲。一排子弹打出去，站岗的狱警吓得赶紧逃命。我们一路上边打边冲，路过国民党县政府大门时，一个狱友中弹倒地，我们对准大门一阵扫射，吓得里面的警察不敢追出来。这夜正好有月亮，由一个狱友带路借着月光出了东门。这个带路的狱友有气管炎，出了东门就上气不接下气跑不动了，我就背起他，由他指路，一直跑到慢桥港，找到一只渔船。到港外海面上，遇到一只小钓船，把我们一直送到毛蜒。

事后得知，反动政府对此次越狱大为恼火，监狱看守撤职的撤职、关押的关押；国民党乐清县县长装病赴沪就医，以逃避上司追究责任。

瑞安东区农民武装斗争

李 平 林佛慈

　　1928 年春，在瑞安县仙岩区凤山乡的驮山村，共产党员陈卓如根据中共瑞安县委的指示，领着大伙儿高举红旗，建立了驮山农民赤卫队。这支队伍起初只有 16 个人，他们扛着一面红旗，上面写着"劫富救贫，没吃的跟我来"十个大字。到第二年增加到 30 多人，后来人数越来越多，整个驮山的各个村落和附近平原地方的农民 300 余人，拿起大刀、长矛、火枪都参加了队伍，每个队员发一条 7 尺长的红布带，上面写着自己的名字扎在腰里。陈卓如还拿出钱，给赤卫队做了黄色军衣军裤，赤卫队外出活动时，在路上穿便衣；到了收缴武器时，就穿上军装进行战斗，有时弄得地主豪绅胆战心惊，不知突然从哪里来的部队。这支农民赤卫队以驮山为中心，向各地延伸活动，并由周围的后降底、花台、李山、山根、沙渎等地组织通信网，如有国民党军队来侵犯，各地都会来报信。

队伍成立后，首先设法搞武器武装自己。一次，陈卓如拿了100块银圆，叫陈超济到温州买来了2支勃朗宁手枪、40发子弹。买来后，陈超济把枪和子弹放在果盒里，上面放着面条、黄鱼类，假装"送礼"，坐着黄包车出了城。后来就凭这几支枪，到处去缴枪扩大武装。

从温州到瑞安，有一条南北走向的大塘河。肇平垟村，就在这塘河中段的西岸。在塘河的西北面有一座水平山，山脚下有座永瑞宫，这地方叫帆游，这里面对塘河，是永、瑞两县来往必经之路。国民党反动派在永瑞宫设了个警察所，主要是向来往货船行商征收捐税。那些警察借此检查行人，敲诈勒索，无所不为，群众恨死了他们；特别是肇平垟的群众，经常吃他们的苦头。大家愤愤地说，总有一天，要拔掉这颗钉在塘河上的钉子。

一天夜晚，肇平垟党支部书记李英才，先指定一个身材魁梧的农民化装成国民党军官，然后带着十多个共产党员和群众，还有那个"军官"，悄悄地划着小船，乘黑夜赶往帆游。帆游警察所围墙高大坚固，只有两扇用铁皮包钉的大门供人们出入，警察所还拥有18支短枪，他们自恃防御条件好，平时警戒就不严密。当李英才等人来到帆游时已是深夜，警察所大门紧闭，门口也没有岗哨。李英才见敌人没有戒备，就按照预定的计划，先叫李岁巧爬进墙去，李岁巧把随身准备的一根长竹竿轻轻地靠在围墙上，敏捷地沿着竹竿蹿了上去，然后悄悄地从围墙下去打开大门，大家就迅速进入天井。

这时，那个身材高大的"军官"突然出现在麻将桌前，这四个家伙吓得说不出话来，真是丈二和尚摸不着头脑，不知道是怎么一回事。"军官"说："好呀！晚上打牌糊涂了，连大门也不关，人进来都不知道。哪位是所长？"一个家伙慌忙说："敝人就是。""军官"出其不意地迅速拔出手枪，天井中的人一拥而上，这四个警察哆哆嗦嗦地举起了双手。"军官"对他们说："我们是共产党，不准声张。现在给你们一条活命的路，你们把所有的枪支弹药全部搬到天井里，不准隐藏，不准惊动其他人。"这四个家伙为了活命，都照着办了。李英才他们背了枪，抱着子弹，悄悄地走出大门，向茶山方向撤回。

走了一段路，李英才把四个警察放了，他严厉地警告他们："今后要改邪归正，重新做人。今晚的事不许走漏风声，不准在外面胡说八道。回去后立即打铺盖回家，留在这里也没有好处。如果不按这几条做，下次可对你们不客气了。"这四个警察连声应着："知道了，一定照着做。"他们偷偷地回到警察所，当天就连忙卷起铺盖溜走了。剩下来的十多个警察，还在呼呼地睡大觉。

1928年3月，陈卓如和李英才等同志一起带领农民赤卫队袭击了穗丰警察所和长桥警察所，缴获长短枪14支。下半年，又先后袭击了平阳白沙等4个盐务所，缴枪14支，还攻下湖岭、溪坦警察所，缴获长短枪8支。就这样，武装不断扩大，人数逐渐增加，声势越来越大。

由于陈卓如的机智勇敢，敌人把他看成"天神"，一听见他的名字就打寒噤。国民党反动派恨死了他，就悬赏500块银圆进行"通缉"，在布告里还形容他是一个身材高大、臂力惊人、智勇双全、神通广大的传奇式的人物。

1930年，按照上级的指示，陈卓如将驮山农民赤卫队带到永嘉楠溪，参加了红十三军。后来，陈卓如因叛徒带路，被国民党军抓走，在抓他时，看见他大腿还在流血，要给他包扎伤口，被他断然拒绝了。一路上，他高声呼着口号："中国共产党万岁！""中国革命万岁！"因流血过多，壮烈牺牲在被押解的路上。

这位领导农民武装起义的英雄牺牲后，在驮山人民中流传起一首歌谣来怀念这位为人民群众甘洒热血的共产党员：

前山下雨后山晴，盼来了救星共产党。
旱天的庄稼逢下雨，驮山出了个陈卓如。
一杆大旗红又红，打倒土豪和劣绅。
一杆大旗空中飘，跟随共产党闹革命。

三江燃烽火

马雨亭

梅城千余年来均是淳安、遂安、寿昌、建德、桐庐、分水 6 个县的州府所在地。1925 年 2 月，中共党员唐公宪来建德九师附小任教员，他带来了《向导》《中国青年》等进步刊物，通过附小同事竹均之在学生间传阅，唐公宪吸收竹均之为中共党员，暑假时唐离开了学校，由竹负责建党工作。那时是国共合作时期，有些党员同时也加入中国国民党。1927 年蒋介石在上海制造了四一二大惨案，国共两党全面分裂，接着进行"清党"。"清党"以后，党的活动从反动势力集中的梅城转到农村，大洋成为党的领导中心。

1927 年 9 月间，在大洋召开了党的代表会议，组建了第一届建德县委，童祖恺任中共建德县委书记，严汝清、胡耀先、关汝藩等人为委员。县委成立以后，响应党中央"起来结团体，组成农民协会"的号召，于同年 11 月 19 日在马目陈家山召开了党员、积极分子会议，决定成立县农民协会，关茂松当选为县农民协会主任。县农民协会成立后，在县委的领导下，积极扩展农会组织，发动农民和地主进行斗争，实行"二五减租"。

要取得"二五减租"的胜利不是一件容易的事，地主只有到了迫不得已的情况下才会开仓减租。大地主陈元富对佃农说："我做乡长的，只听县政府的，等接到命令再说。"佃农无言以对。经党支部研究，必须先在陈家突破。于是，连夜分头通知佃农，次晨在白石庙集中，佃农如期挑着20多担空箩，沿途参加和观望的有100多人，佃农人多胆就大了，气冲冲地拥进陈家，陈元富见势，二话没说连声叫唤："开仓、开仓，减、减、减。"佃农挑着谷高高兴兴回家了，观看的群众连声称赞："农会真行啊！"

而到大地主蔡大寿家去减租的佃农却吃了闭门羹，蔡的家人回说："当家的进城去了，我们做不了主。"大家等到天黑蔡大寿才回来了，同来的还有两名县官，蔡家又派人来邀陈一文，陈一文去了半晌未回，大家疑惑地到蔡家去看，发现蔡家正在摆宴，席上县上的官员拉拢陈一文，对陈说："你是村农会主任，你听我的话，不准农民搞'二五'减租，我发委任状给你，那你就是正式的了。"陈一文说："我用不着你们委任。我是农民选举的，遵照农民的要求办事。"乡亲们到来后，县里的官员借故溜了。

1928年1月16日，在大洋完全小学的操场上召开了农民协会会员大会，各地农会会员六七百人，县委书记童祖恺

152

做了报告，县农协主任关茂松讲了话，大会提出"团结起来实行'二五'减租""不向地主送红包""打倒土豪劣绅"等口号，接着在大洋镇上游行示威，会员们各执小旗，还有的执长矛、大刀或背着少数土枪，边走边喊口号。大洋镇的土豪劣绅吓破了胆，县长周煌成急忙打电话到兰溪，要求调派省防军来梅城。

1月19日，县政府派了警察、保安队100多人，到大洋逮捕了童祖恺，后又抓了一些人，并将他们押送杭州。农民运动的风潮虽然暂时平息了，但潜藏在地下的热流却更沸腾了，农村党员人数稳步发展起来。经过"二五减租"，广大农民再不是昔日忍气吞声的奴隶，他们向往在党的领导下早日翻身做主人。1930年前夕，全县已建立大洋、洋尾、三都、洋溪4个区委和28个支部，党员达300多名。

1930年5月9日，出狱的童祖恺回到大洋，与党的骨干及积极分子40多人开会讨论了有关起义的问题，认为起义条件不成熟，当前还是以发展壮大力量为主，到秋后再举行起义。5月底，中共中央巡视员卓兰芳奉令来建德筹组起义，于是起义的锣鼓声就越敲越响了。6月20日左右，卓兰芳等亲自到童祖恺家，告知中央的最新指示，并说建德要立即举行起义。童说："我的意思是慎重为好，我是一个党员，服从组织决定是党员的义务。"6月30日，在大洋行台村开县委会议，卓兰芳做了报告，决定撤销县委会，改称县行动委员会，分配各区发展党员、积极分子的人数及准备刀枪的数量，以分粮斗争发动群众，接着举行武装起义，起义时间定在半个月后。对于"从分粮斗争到暴动"，群众沸腾起来了，擦枪的擦枪、磨刀的磨刀，消息像一阵风传遍方圆百里。

7月初，建德农村青黄不接，到了揭不开锅的时候了，地主仍封仓想再销高价。党员徐海定等想出了一计，利用麻车埠大地主徐金涛的名义贴出了几张通告："本人有谷，每担售价五元，售完为止，切勿延误。"次日农民挑着箩拿着袋，争先恐后地到徐家大厅，徐金涛哭笑不得，急叫他弟弟徐金喜："快卖，快卖，开仓卖。"农民一拥而上，大家自装自挑，满满一仓谷不多时就挑完了，挑着谷的农民高兴地说："这些谷是我们种的，去年送上门，今年又挑回去，多麻烦，这种麻烦就快过去了。"凡有党员的村，都是发动农民起来参加分粮斗争，势如破竹，迅猛异常，受益农民有上万人。

各地分粮斗争的开展，引起了反动当局的注意，所以原定半月后举行的武装起义不得不提前了。7月5日，在洋尾埠陈一文家召开起义前的紧急动员会，卓兰芳主持会议，他说："我宣布暴动明天正式行动。洋尾、大洋、麻车、三都各组成一个大队，明晚四个大队统一行动攻打县城，只要坚持一两个星期，兰溪、衢州、浦江也要相继暴动连成一片。上面可与江西朱德、毛泽东的红军取得联系，下面可以推动杭州的工人起义。顺利的话，就可以取得一个省的胜利。"

7月6日拂晓，各地农军有300多人，手执各种武器，"苏维埃村"的农军还抬着一尊土炮，卓兰芳、陈昌荣做了简要部署，派数人摆渡到石壁切断电线，指定马政三领一个班的农军封锁江面。房森林先带着30多人抬着土炮，在白石庙后监视梅城、严东关方向的白军，其余人都拥到大地主陈元富家，发现他家的田契在昨晚已经转移走了。这时有人来报告，说有百多名白军从严东关渡江过金沙岑到离洋尾很近的深许了，卓兰芳即令所有青年农军前去支援，全力防守。当白军离农军阵地200米时，房森林亲自放土炮，"轰"的一声，炮中的碎铁横飞，白军见状纷纷散开。白军使用的洋枪打得远，农民军武器差不能硬拼，房森林就下令转移，卓兰芳指挥群众将缴获的服装布匹等运上山。7日，上游开来一只汽艇，农军发炮未击中。8日，保安队40多人在对岸石壁埠头不敢摆渡过江，只用洋枪往洋尾埠打，墙上打了些密密麻麻的窟窿，但未伤一人，农军虽只有几支步枪，却打死白军一人，眼看白军抬着尸首回梅城去了。9日，获悉县里要派军队并组织自卫团与农军对抗。农军多面受敌，武器悬殊，最后只得在附近几个山头上穿插转移。麻车埠、三都、大洋等方面的起义，虽然都取得一定战绩，但因农军各自为战，在敌强我弱情况下，只得撤退疏散活动。当时我党毕竟太年轻，经验差，在敌强我弱和极为复杂的环境下败下来了。

这次从兰江两岸点燃的起义烽火，先后蔓延到新安江、富春江沿岸，被卷入暴动斗争的有 3 个区 9 个乡 15 个行政村，直接参加起义斗争的以青年为主的农军有 1000 多人，至于戴上红布条的赤色基本群众更多。农军的活动前后坚持了两个半月，其范围之广、声势之大，前所未有，给了反动势力以沉重的打击。

文成、平阳边境农民暴动

吴晋连　程存丁　张明凑　张明锦

文成县与平阳县山门毗连，1928 年 3 月 5 日中共浙江省委常委会通过的《永嘉瑞安及台属各县工作决议案》中，就将这里划为农运中心区域。3 月 18 日，担任过中共杭州县委书记的赵刚回乡探亲，在龙川等地召集群众宣传革命道理，所到之处群众深受鼓舞。但由于赵刚急速返杭，未做具体引导，西区农民只得以原来的青帮组织进行公开活动，提出"打土豪分田地，劫富济贫"的主张，得到了广大贫苦农民的拥护。到了这年秋天，青帮会员已发展到 2000 多人，还成立了一支庞大的农民武装力量。中共浙江省委得悉情况后特别指出"瑞安的发展应特别注意西区"和"发动农民的斗争，迅速地转变到游击战争……我们务必打入此处工作"。

1930 年 1 月 9 日，温台巡视员金贯真到瑞安视察工作时，指派中共瑞安县委书记郑贤塘回故乡西区发展党员，组织农民赤卫队，开展武装斗争。郑贤塘当即由龙川小学校长赵益（党员）陪同到达西区，在大觉、龙川、中堡、赤砂等地建党和组织武装，他在工作中注意团结当地群众领袖，正确对待群众中的帮会组织，秘密组织农军，队伍由60多人扩充到100多人，并建立了党的基层组织。不久，郑贤塘参加了金贯真在瑞安肇平垟召开的永嘉中心县委第二次扩大会议，根据党的八七会议所确立的土地革命和武装反抗国民党的总方针精神，部署了以发动闹荒斗争为中心开展土地革命，废止土地陈报，反对村里制，加紧组织农民赤卫队，组建红军等工作。

1930年是温属各县奇荒的一年，颗粒无收，米价骤涨，贫苦群众吃草根啃树皮，而国民党政府又在乡村实行土地陈报制和村里制，灾民如雪上加霜，怨声载道，纷纷要求起义。这时，郑贤塘找到党员郑玉平，决定由他先到西区组织训练农民赤卫队，准备举行以闹荒斗争为中心的农民武装暴动。郑贤塘则经城区、北区抓紧贯彻肇平垟会议精神，再到西区，并带信给赵益，布置了准备起义的任务。赵益接到信后，在龙川组织了一支由赵廷衣带队的农民赤卫队30多人，准备参加起义。2月中旬，郑玉平在周山乡东山龙村叶永笔家，召集农民武装骨干几十人进行训练，后亲自率领这支200多人的队伍开赴平阳山门集结。与此同时，西区青帮头目柳圣界、张永皮等也到平阳晓坑、穹岭等地，与溪头的青帮头目周大伟等组织武装，准备举行武装起义。为了筹集经费，他们于2月18日夜派出100多名农民武装，到平阳南雁后苍富户家筹备款项。

不久，各地农民武装领导人会集于平阳的水口村，经协商，成立了起义领导机构，朱德讯、周大伟担任正副司令，下设大队、中队、分队。接着就通知西区各地农民武装都到平阳南山集中，准备进驻山门，再出水头、鳌江，攻打平阳县城。农民武装队伍进驻山门后，统一向当地殷户派饭借被，由队员分赴领取，并以吹竹哨为联络暗号。由于参加起义队伍人数猛增，训练跟不上，装备又差，仅3支毛瑟、几百支土铳，每支铳仅分一小杯火药，多数人是徒手或背扁担布袋来的；加上起义领导人到处开会、张贴标语，招致敌人警觉抢先下手。2月25日下午，起义队伍进驻平阳县山门的前几天，国民党平阳县当局就一面求援，一面纠集驻平浙保一营二连14人、两浙盐务缉私八营三队二排21人和鳌江公安分局巡警4人，以及水头里、凤山、凤翔、小龙等村里保卫团260多人，于25日聚集在水头街准备包围山门，扑灭闹暴动的农民武装。26日凌晨，他们经蒲岭，绕道凤岭山背，抓去村民林书勇带路，向建坑前进，偷袭起义司令部驻地畴溪小学，拂晓时发起攻击。

农民武装队伍被这突袭的枪声震惊得各自逃走，唯有驻司令部的战士仓促奋起抵挡，终因抵挡不住只得边打边退。当撤离在后的队员遭敌追赶时，机智勇敢的队员以土铳回击，把追敌甩在后面。后敌人又大肆搜索，隐蔽的一些队员被捕杀害，水口村的徐阿坑被捕杀害后挖去心肝，情景目不忍睹。事隔一周，国民党反动政府还调派山门外边的保卫团数百人，扑到怀溪乡水口村、晓坑村等地进行烧杀。

2月27日，郑贤塘、郑玉平等7人回到双桂外叶永炮家，次日又回来6人，他们总结了这次起义的教训，认识到仅凭一时冲动草率行动是不能成功的，今后必须加强西区党的建设和组织武装力量，有领导、有组织、有准备地进行起义，以便更好地把西区觉醒起来的农民引导到游击战争的轨道上来。

山门暴动撤出的队伍，后在中共瑞安县委书记郑贤塘和郑玉平引导指挥下，有的入了党，绝大部分人加入浙南红军游击队，后被编入红十三军第一团。

坞根游击队

柳正标

坞根，位于温岭县西南乡，离县城约 20 公里，处在温岭、玉环、乐清三县的交界处，面对乐清，背靠坞根岭，攻可从海路到达沿海各地，守可依托崇山峻岭为屏障，退可疏散隐没于附近海面大小岛屿。1928 年 7 月，在中共温岭县委领导下，北区一带爆发了农民暴动，此后在西区组建了农民武装坞根游击队，以坞根为活动中心，转战于温（岭）、玉（环）、乐（清）边境。

湖头、上王保卫团是反动地主武装，有团丁 30 人，仗着武器好，经常袭击我红军游击队。1930 年 2 月 20 日，驻西山红军游击队在玉环县茶头保卫团追击下，向坞根撤退，当退到温岭县小石桥时，湖头、上王保卫团截断退路，妄图一口气吃掉游击队。坞根游击队接到情报后，立即跑步从洋呈后山到达石桥后山，此时西山游击队正处于保卫团前后夹攻的危急之中，战况非常激烈。我们迅速占领了制高点，猛攻湖头、上王保卫团，敌人据险顽抗，子弹像雨点一样飞来，我们把棉被浇湿，用毛竹撑起来当盾牌，奋不顾身地冲上去。敌人一看我们的"土坦克"冲上来，心虚胆怯了，一边继续开枪，一边夺路逃命。战斗从西山关庙打到湖头三官堂，又从三官堂打到上王、下王，保卫团溃不成军节节败退，最后朝横山方向狼狈逃窜。我们乘胜追击，直捣保卫团老巢湖头、上王村，放火烧毁了保卫团营房。

5月1日，国民党军第四十五师驻乐清县大荆某连，因发不到粮饷发生兵变，连长张玉芝率部130余人前来投靠坞根游击队，游击队派叶景泰带兵去大荆接收。两支部队合并共三四百人，从青屿动身回白溪宿了几天，准备去太湖山与永嘉红军会合。这时，敌师部派一个旅长，率重兵来大荆，要收回这支已投了游击队的队伍。敌军旅长串通当地豪绅蒋叔南，给张玉芝写了两封信，明的一封是蒋叔南写的，以讨马为名；暗的一封是敌军旅长写的，只有"灭匪归营"四个字。张玉芝慑于威力，密谋反叛。5月7日，部队行军至乐清县叶藤岭时，张玉芝借口天热要在岭头休息，让游击队先下山。待我们走到半山腰，张指挥叛军在岭头散开，摆开队形居高临下向游击队发起突然袭击。游击队措手不及，许多同志在密集的弹雨下牺牲了，我们逃出来的同志集齐时尚有100多人。叶藤岭受挫后，战士们一心想着报仇，柳苦民、程顺昌等领导人整顿部队积极寻找战机，几天后游击队奔袭横山，缴了横山西坑严家保卫团的枪械，得枪30余支，打了一场漂亮仗。

茶头保卫团仗着依山托水的有利地形，构筑工事，专门跟游击队作对，经常出来抓捕地下党员和赤色群众。因此坞根红军决定攻打茶头据点，拔掉这枚"钉子"。茶头村三面环水背面靠山，村西边有一座石拱桥，是进村的唯一大道。茶头保卫团为严防红军进攻，在村与桥之间挖了一条护村河，河上架一座活动桥，对准进村的大道架起一门"猪娘炮"（火药炮）。7月8日，柳苦民等率领200多人从苔山岛出发，渡海登陆，兵分三路包围茶头村。茶头保卫团闻悉红军来攻打，十分恐慌，立即拆掉河上活动桥。当第一路红军队伍抵达塘头时，保卫团点炮轰击，随着一声巨响，铁弹未出膛，炮身自行炸毁了。程顺昌、应保寿指挥部队发动攻击，柳苦民和老张率后续部队也赶到了。我们从附近的礁头庙拆来戏台板，十余人在密集的火力掩护下跳入水中，肩扛木板搭起人桥，大部队从人桥上冲杀过去。保卫团起先还顽抗一阵，当发觉白坦方向也有红军部队包抄过来时，慌忙向茶头斜边的马鞍山山头撤退。红军部队进村后，没有抓到保卫团，一把火将保卫团的工事、营房烧为灰烬。茶头一仗我们狠狠教训了地主保卫团，为老百姓出了气，我们得胜返回坞根的路上，群众忙着送茶水、瓜果犒劳部队。我们吃了群众的东西，都付给银洋，还把从地主家没收的钱物分给穷苦农户。

袭击茶头村后，保卫团一蹶不振，再也不敢轻举妄动了。温（岭）玉（环）两县政府向省告急，要求派兵"剿灭"红军。7月10日，国民党浙保五团三营以一排的兵力，会同县保卫团基干队、琛山保卫团共60多人，包围了坞根。当时，柳苦民率红军主力驻扎在苔山岛，坞根街头仅有6名红军战士，硬拼显然要吃大亏，于是决定向海边突围，设法找船撤到苔山岛。

那天，我从大溪执行任务回苔山，途中在坞根宿夜，不料遭敌人包围。我随部队突围出来后被打散了，一个人到了盘枫树下。我原想从这里翻过小石桥岭到黄湾，再找船到苔山岛，我在前头跑，敌兵在后面追，开枪打伤了我的左臂。我追上了突围出来的战士新梅，他说："快走！海边有船。"拉着我顺山脚跑到海边，果然有一只渔船搁着，此时又碰到突围出来的4名战士，我们6人一起跳到船上。敌兵追到海边向我们猛烈射击，船无法下水，我们只得凭借船体做掩护拼命还击。3名战士中弹牺牲，2名战士跳海游去，结果有1个人力竭而死。我急中生智在泥涂上滚了一身泥浆伏在浦沟里，几个敌兵追上来，见我还活着，就命令我上来把枪交出来。我一边举着受伤的左手给他们看，一边答话："我人被打伤了，枪也没有了。"说时迟、那时快，我没等说完话，右手拔出腰里的木壳枪打去，毙倒两个，剩下两个见势不妙拔腿就逃，我紧追不放。追了一段路，发现海塘头埋伏着一个敌兵朝我打枪，我立即伏下狠命地还击，并乘机溜进海塘向小石桥岭跑去。爬到岭头时，听见有人喊我，一看是柳苦民的号兵王金龙，原来柳苦民带大队人马前来支援。王金龙把军号吹起来，我们的人转入反击，敌兵四散溃逃。幸亏柳苦民及时带兵赶到，才保住了坞根红军根据地免遭劫难。

10月9日，坞根红军得到情报，琛山保卫团有20多人从白壁村回琛山。柳苦民和程顺昌、赵裕平等当即做了战斗部署，决定在白壁与琛山之间的坑边岭打一场伏击战。60多人分三路：一路从小坞根后坑庵上，一路从九支垄上，一路从下楼岭上，分头埋伏在山上。当琛山保卫团进入伏击圈时，只听得一声号令，枪声四起，弹如雨下，保卫团突然遭到我前后夹击，仓皇向温岭街突围逃窜。

泥城暴动

宋根生

我参加革命运动是在 1928 年。那年农历五月初四的一个夜间，王效文和顾亚光喊我到施家庙，他们问我是否愿意参加革命运动，还说我们要联合起来打倒军阀、地主、土豪劣绅，我们穷人要有出头之日。

他们说："富人不是生根的，穷人不是穷到底，只要大家齐心革命，我们就会翻身当主人。"

我想：我做木工受人气，在地主家做活，他们吃鱼，给我吃鱼头、鱼尾巴。地主恶霸骑在我们头上，不推翻他们我们就没有出头之日。听到要联合起来推翻地主恶霸的统治，我心里很高兴，就一口答应了。后来，就经常参加泥城小学校长沈千祥召开的会议，我也动员别人参加。

1930 年，由于沈千祥不断宣传鼓动，在农民、盐民、渔民中打下了坚实的基础，当地人民都愿意跟沈先生走。当时有二三百人。

我们那里地主很多，朱心田有土地 3000 亩，顾福先也有千亩多，张云生、董岳松有六七百亩。我们穷人，终年辛苦，连麦稃都吃不上，再加上兵荒马乱，匪盗四起，反动政府的苛捐杂税，使我们穷人透不过气来。彭镇往南，马渤港之西，就是泻水漕，那里都是晒盐人，他们的日子也不好过。反动政府设了盐务缉私营（总部在南桥，还有分局）。彭镇南面设了盐廒，以低价收购盐民全部的盐，转手高价卖出，要赚几倍的钞票。他们不许盐民私自卖盐，也不许挑私盐贩卖。盐廒里的盐警到处设卡，还隐蔽在玉米田里或圩塘脚下，看见挑私盐的，就像狗一样突然扑向挑盐人。抓到贩盐的，盐和盐具统统没收，还要"吃生活"。有一回，我到圩里去串联，看到一个盐警用枪托打一个挑盐的妇女，那妇女被打得跪在地上，向盐警磕头，腿上红殷殷的都是血。当地农民、盐民受尽盐警、盐廒的剥削。

沈千祥、姜文光、王效文他们告诉我，准备搞暴动。我们每天晚上去开会，了解发动群众的情况，研究具体步骤。沈千祥还叫王效文、顾亚光、胡阿三和我去泻水漕盐圩头发动盐民，我们不拿枪，夜里去喊声："爷叔、伯伯、兄妹们！盐廒欺压我们，大家团结起来对付盐廒好哦！"

1930 年 8 月 9 日暴动那天，我在学校里吃过晚饭后就出发去海滩，一共到了一两千人，沈千祥讲话，说了一番搞暴动的道理，然后问大家是否赞成，大家都举手表示赞成。沈千祥说："大家赞成的，今晚就去打盐廒、打地主、打公安局。"

9 点左右我们出发了，圆圆的月亮给我们照亮了前进的道路，我们拿短枪的三人护着沈千祥走在最前面，手持棍棒的群众跟着。我们冲到盐廒里时，有的房子亮着灯，我向房子里开了两枪，里面毫无动静，原来盐廒里的敌人听到暴动风声已逃光了，盐廒的房子被愤怒的群众放火烧了。

打了盐廒，我们就直奔泥城横港的警察局，连续走了14 里路，这时已半夜过后。我们从竹篱笆上爬进去，见第一间房子电灯亮着，从玻璃窗里望进去一个警察睡在里面，举枪将那个警察打死了，后来才知道被打死的是个局长。暴动群众听到枪响，都拥进院子里，有的用刀砍，有的用棒敲，有的扭打起来，敌人非常狼狈，连衣服都来不及穿，动作快的逃走了，来不及逃的被我们打伤了许多，打死 7 人、活捉 1 人。我们还缴了 4 支长枪，当场分发给能使枪的人员。

打了警察局天已大亮，等我们赶到大地主朱心田家时，很多人已经在那里了，并且有人在烧饭。朱家的锅子很大，但由于人多，烧出来的饭不够吃，连续烧了好几锅。碗也没那么多，就一批一批轮着吃。朱家的账房先生没跑掉，我想账房先生一定知道地主家的情况，开始他还想抵赖，我们用枪逼住他，账房先生老实供认在浜口上藏着三支短枪，我们果然找到了三支短枪。沈先生叫我们搬几张八仙桌到东边场上，他要召开群众大会，他站在桌子上讲暴动已取得了很大胜利，为我们穷苦人民出了气，但是我们不能就此结束，要将革命进行到底。他还说："为了保护人民群众的利益、生命的安全，我们正式成立工农红军。"那天，我们还张贴了许多预先写好的标语，一面工农红军的旗帜扯得高高的，在空中随风飘扬。

中午前后，听说反动政府调集军队前来镇压，许多人害怕离队了，至午后二三点钟，暴动队伍只剩下140多人。为了对付敌人，我们主动向海边撤退，如果敌人来了，我们吃不掉他们，就准备"踏船"漂海。后来，我们撤到海滩芦苇荡里等了两个多小时，不见敌人。傍晚，向北开拔，经过外三灶镇时，肚子感到饿了，就闯进一家南货店，吃饱了糕点，把一些铜板撒在街道里，任由群众去取。

接着我们向万祥镇赶去，一心想打保安队。我们的队伍从万祥镇的南市梢进去，保安队驻扎在镇中央，未待我们冲到，便逃跑了。我们一边追，一边开枪，保安队躲进洪口木排里还击，我们抓到的一个警察也逃跑了。这时队伍的人数就更少了，只剩下几十个了，但都是天不怕地不怕的。万祥镇东面有个反动大队大队长，是个资本家，他还有枪。我们闯到他的家里时，不见人，也没搜到一枪一弹，就放火把他的房子烧了。我们在这里没待多久，在南边的荒地里休息了一会儿，当夜队伍一直向南开拔，经过彭镇西，穿过盐圩，进入海滩的芦苇荡里。

在芦苇荡里度过了一个白天，大家又累又饿，口干了在河浜里捧冷水喝，身上衣服被汗水、泥灰弄得不成样子，又脏又臭，还好是热天，脱下来放在水里搓一搓，在太阳下晒干了再穿。

日子很难过，但我们几个骨干心很齐，团结得很好。沈先生说上级党组织会来支援的，我们感到还有一股希望。

暴动后的第二天，即1930年8月11日傍晚，我们的队伍开拔到沈千祥的一个亲戚家里休息，打发当地的一名青年去盐廒探听情况，去了两个小时不回来，再派人去还是不回来。大家警惕起来，都说今晚不好再打盐廒了，连夜动身撤退。那天晚上，开拔到吴松伯的种田厂里。第四天夜里，我们向南四团行进，想攻打南四团保安队，搞几支武器。我们穿过钦公塘时，只见路上不少反动匪兵，一手提枪一手拿着手电筒乱照，交通要道已切断。我们又退了回去，抄近路泗河浜仍回到海滩上，又在海滩上度过了一个白天。上级党组织也没有联系上，情况也不清楚，到底怎么办呢？当晚沈千祥决定找县委书记吴仲超。

到了深夜，大多数人家已熄灯睡觉了，我和姜文光、顾亚光跟着沈千祥，伪装成上街买东西的样子接近吴家东厢房。沈千祥白天找了一个农民，给吴仲超传了纸条，所以吴仲超在家等着。吴仲超见了我们很是难过，皱着眉头说："站不住脚了，先解散一下，以后再想办法。"从吴仲超家回到原地，沈千祥对等候着的其他几个人说："我们暂时解散，大家躲一躲，以后再联系。"就这样，我们十多个人就分头行动了。

泥城暴动震惊了反动当局，他们曾调动了不少兵力来镇压，还到处"通缉"暴动的领导者，抓到沈千祥、姜文光赏银600，抓到我赏银500。

青浦、松江农民秋收起义[*]

顾复生

1927 年 8 月，中共青浦县委书记夏采曦，在黄渡的家中召开青浦东乡的中共党员会议，参加会议的除了夏采曦，还有我们观音堂的 2 个人和黄渡的 5 个人。中共江苏省委特派员陈云参加了这次会议，并在会上传达了中央指示精神。

这次会议着重讨论了青浦东乡地区开展秋收斗争，保卫农民利益的问题。陈云在会上讲："从地理上看，青浦地区处于上海、苏州、嘉兴三角地带的中心，东乡若能与嘉定外岗地区的农民运动连成一片，可以切断沪宁铁路，支援苏锡地区农民兄弟的秋收暴动；西乡若能与松江的农民运动打成一片，可以阻断沪杭铁路，支援浙江及浦东地区农民兄弟的秋收暴动，并能与上海工人运动配合起来。"所以，青浦的

---

　　* 本文原标题为《青浦、松江农民的秋收起义》，收录时做了适当修改。

秋收起义很重要。

会议最后决定，根据青东地区的特点，要坚决实行"二五减租"，如果国民党反动派自食前言，地主依靠反动派不肯减租，那我们就坚决抗租。如果国民党反动派武力镇压，我们就组织革命武装坚决开展武装斗争。

为了加强东乡农民暴动的领导，县委安排姜有方、顾达珍和我三人组成领导小组，姜有方为组长。没想到的是，各项准备工作刚刚起步就出现了变化：有着地主成分的黄需泽，感到革命搞到了自己头上，不愿再干了，被开除党籍；戴元虬参加完会议后不知逃到哪里去了；胆小怕事的姜有方，在观音堂小学做教员后，吓得不敢出校门，不久便跑回老家了。因此，东乡的农民暴动由中共青浦县委书记夏采曦亲自领导，顾达珍和我负责日常具体工作。为了推动暴动顺利进行，我们研究建立了区农民协会，选出由蒋秋华、康松山、程端臣、康顺卿和姜林甫组成的区农民协会执行委员，他们都是贫下中农，让农民自己来领导暴动工作，大家都很赞成。我们的准备工作主要有以下几项：一是传达讨论黄渡会议决定，进一步发动农民群众的斗争。二是做好各乡农民的团结工作，提倡大家顾全大局，团结起来，夺取胜利。三是认真研究减租的具体要求。四是建立农民协会。

东乡农民在区农会的领导下，提出了减租"十大要求"，即坚决实行"二五减租"；废除板租制，改为花租制，每年根据收成决定租额；退还农民的押租金；取消往年的尾欠陈租；按照佃契规定，交实物，不交现金，以减少农民在折价问题上的额外负担；农民远道送租要给足工钱；不许用大的衡器和量器及大口径量器收租；取消限租制；取消一切陋规；对不遵守上述要求，破坏减租运动的，予以严厉惩罚。各方面都认为这是合情合理的要求，各乡农协都积极行动坚决执行，广大农民的情绪也十分高涨。

反动政府和地主听了却急得双脚直跳，大声喊叫："土地是地主的，农民能做主吗？"

农民驳斥说："土地是农民垦出来的，被你们夺去了，你们吃了饭却不劳动，现在我们就是要做主！"

他们威吓农民说："减租是共产党干的，是要杀头的。他们可以逃跑，你们有家有眷，有老有少，跑不脱的。不要跟共产党走，快去交租，或许可以得些便宜，否则地主和县长老爷发起火来，那可不得了啊！"

在地主分子欺骗下，个别老实的农民思想上产生了动摇，害怕来年被地主割佃，无田可种。

西乡小蒸的农民运动，在吴志喜、陆铨生的领导下也逐步发展起来。西乡农民的要求，除"二五减租"外，他们主要是夺回被豪绅地主抢去的荡田，以及砸垮压在他们头上的地主武装。他们对陆铨生很信任，知道他是老实人；对吴志喜则有些怀疑，因为他刚从黄埔军校回来工作，身上还穿着国民党的军装，群众认为穿反动派军装的人很可能不是好人。

9月间，陈云到达小蒸，陆铨生通知原农会主席曹兴达、曹象波、徐秋松、何秀青等人到他家去开会，说："今天晚上，上级党派个廖先生（廖陈云，即陈云）来了，他要和你们面谈。"他们听了高兴极了。

会上陆铨生把陈云介绍给大家说："这位就是廖先生，他也是练塘人，由于他一直在上海工作，所以大家不认识。他就是我们谈过的廖陈云，今天他专从上海来看望大家。"

陆铨生还介绍吴志喜说："吴同志是我们青浦县委派来的工作同志，他是本县练塘人，曾由党派往广州黄埔军官学校学习。蒋介石四一二反革命政变后，他愤怒至极进而回到家乡工作。"同志们听了介绍后恍然大悟，转忧为喜。

陈云在会上说："为了翻身必须要革命，但这个过程是非常艰苦的。过去人们说，吃得苦中苦，方为人上人。现在应改一下，吃得苦中苦，才能得翻身。我们革命者，就是要有革命的志气，有了革命的志气，我们一定能翻身做主人，胜利就有希望。"

与会人员听了这些话兴奋极了，连夜分别到其他人家里去传达。陈云亲自来领导工作的消息很快就在当地传开了。

陈云住在陆铨生家里，吴志喜住在小蒸河南岸的一个农民家里，他们四处做宣传工作，找积极分子谈话、开会，宣讲农民暴动的意义。经过他们认真工作，吸收12名农民加入了共产党，并建立了青浦西乡第一个基层党支部。随即，小蒸组建了一支农民军，推举吴志喜为司令员。

农历十月初一，趁着农民迎神祭坛的机会，陈云、吴志喜、陆铨生向2000多农民进行宣传动员，并计划收缴小蒸附近地主民团的枪械来武装自己。后来，农民军决定把停泊在小蒸市河内的那条"枪船"（武装警察的巡逻船）上的枪缴掉，但由于计划不周，走漏了风声，"枪船"于翌日早晨逃跑了。陈云即令吴志喜率农民军追击，在半路把"枪船"截住，船上的水警惊慌失措，弃船携枪涉水逃向对岸，向练塘镇方向逃逸。"枪船"上的枪虽没有缴到，却大长了农民军的士气，灭了反动派的威风。这就是小蒸农民最乐于谈论的"打枪船"的革命故事。与此同时，枫泾地区的农民，由松江县委书记袁世钊和松江县农民军司令员陆龙飞领导，在枫泾地区收缴地主武装，青浦、松江两县共收到步枪50多支、短枪30多支。

这两次缴枪事件，吓坏了两县的反动县长，他们飞报江苏省政府，请求派兵镇压。青浦县政府则下令"悬赏通缉"夏采曦、吴志喜、陆铨生、顾达珍和我等人，还说什么"如敢抵抗，格杀勿论"。而农民则兴高采烈，声势更加浩大，城镇豪绅地主无不色变、坐卧不安。

小蒸镇上的地主错误地认为青浦农民军打了"枪船"，闯了大祸，已经远逃，所以他们又大摇大摆地在镇上骂街，扬言要镇压农民军的家属。正在这个时候，青浦东乡传来喜讯说："农民协会严惩了破坏减租的走狗，捣毁了国民党乡公所，反动派军队去镇压无效……"为了支援东乡农民兄弟抗争，小蒸农民急速准备起义以牵制敌人。

吴志喜按照陈云的指示，亲自率领青浦农民军从塘南越过铁路到了小蒸，镇压了妄图报复的国民党反动派的走狗恶霸地主余圭甫、汪倾千、金谦城等。农民军初战胜利后，半夜在徐秋松家中吃饭，陈云也赶了过来，他要求大家，杀人要贴布告，亲自把他事先拟好的布告，叫徐秋松贴到镇上去。

那晚，陈云就住在徐秋松家，他问大家："这样惩治反动派的走狗和恶霸地主，大家害怕不害怕？"

张明山大声说："害怕就没有资格当农民军！"又说："敢当农民军的就不害怕！农民要翻身，就要紧跟共产党，跟反动派干到底，不达到目的决不罢休！"

青浦西乡农民军收缴地主民团的武器、打了"枪船"以后，陈云决定与松江农民军会师，统一由吴志喜指挥，集中至塘南地区休整，制订计划，准备在沪杭线的枫泾举行暴动，切断沪杭铁路。在陈云的指导下，经过斗争锻炼，这时农民军已成为一支很像样的武装力量。

这时，枫泾的敌人自卫团团长终日坐立不安，在向江苏省政府、松江县政府及松江驻军团部不断求援无效后，就联合松江枫泾的地主劣绅，向驻守浙江嘉兴的国民党第二十六军军长周凤岐求救。周凤岐感到枫泾如果被农民军占领，就要危及嘉兴，随后立即派一个连进驻枫泾。因此，农民军推迟了进攻枫泾的时间，决定在农历十二月三十晚上，趁逃亡在外的地主豪绅回家过年团聚的时候举行暴动，可以把他们一网打尽。

那时，枫泾周围的形势是风声鹤唳、草木皆兵，敌人万分恐慌，因此二十六军又派了 2 个连到枫泾增防。敌人经过密谋策划，于农历十二月二十六，由松江反动驻军的一个团长为总指挥，集结枫泾镇上驻防的二十六军 1 个营的兵力，以及青浦、松江两县所有的反动军警力量，对农民军进行"清剿"，吴志喜、陆龙飞同志在作战中不幸被俘。之后，敌人大军云集，白色恐怖非常严重。根据上级党组织指示，为了保存革命的有生力量，迫不得已把运动转入隐蔽状态。

吴志喜、陆龙飞被押往松江后，受尽各种酷刑，他们的十个指甲都被拔掉了，敌人以软硬兼施的方法胁迫他们俩投降，但他们坚贞不屈，绝不投降。陈云曾千方百计设法营救，均没有成功。吴志喜在被俘后的第八天，壮烈牺牲于松江小校场，就义前他激昂高呼"共产党万岁!""打倒蒋介石!""人民革命一定胜利!"等口号。目睹者无不落泪，连行刑的人也被吓呆了。陆龙飞后来被押往枫泾杀害。

青浦、松江的农民暴动，虽然在敌人残酷镇压下失败了，但它的政治意义是不可低估的。共产党领导革命的政治主张、阶级立场和奋不顾身的革命斗争精神，都深深铭刻在广大劳动人民的头脑里、心坎上，这种潜在力量，一直到抗日战争、解放战争时还发挥着极为巨大的作用。中国共产党人和陈云同志播下的革命火种，始终燃烧在青浦、松江广大劳动人民的心中。

闽南惊雷

罗　明

四一二反革命政变后，城市的反动统治力量很强，我们闽南特委（我是特委书记）结合毛泽东同志重视农民运动的思想和当时闽南的实际情况，决定把革命的重点转移到农村。在厦门、漳州等城市中，我们采取积极防御的方针，主要是加强地下工作，领导工人、学生进行日常斗争。

6月，我同罗秋天一起去上杭、龙岩、永定、平和这几个县，开展抢救党的工作和发动农民运动。我是从永定去平和的，先到朱积垒同志的家乡上坪（九峰的上坪），在他父亲开的一间小店铺里和他接上头。当时党的机关就设在店里，文件等东西都放在那。上坪离县城只有几里路，机关设在这里也没有武装保卫，很容易被敌人彻底破坏。因此，我就向朱积垒提出，找一个离县城比较远、农运有基础的地方来做机关。他推荐了长乐乡，我同他一起去现场查看，位置很好，可以把机关搬到长乐去。长乐这个地方的人和我都姓罗，为了便于工作，我还参照他们的辈分，改名为罗绍华，并且向罗谷香（罗壮丹同志的父亲）借得一间房子作为办公室。

长乐是我们最好的据点，但仅有一个长乐乡不够啊！还必须有其他的据点来相互配合，以便连成一片，形成包围县城的形势。因此，我们便又讨论，除向崎岭一带发展外，还要和广东方面取得联络。当时我们打听到温仰春同志在离长乐不远的广东大埔搞农民运动，就派人去邀请他到长乐来，同朱积垒及大家商谈，如何把平和、大埔、饶平联合起来斗争。而且，通过温仰春同志了解到饶平县委还存在，林宗璜同志也在那边。我以前做过汕头地委书记，汕头各县的书记我都晓得，各县的武装我也了解，特别是知道饶平的农军有很多支枪。于是，我便给林宗璜同志写了一封信，派了几个农民去饶平要来十多支枪，还有些子弹。枪弄来之后，就组织农会会员出操训练，着手建立农民的革命武装，待到把这些事都安排好以后，我才离开平和。这就是我第一次去平和布置革命重点转移的情况。

我第二次到平和，是在党中央八七会议后，南昌起义部队来福建时，去开展武装斗争。

南昌起义部队到达赣南时，我们闽南特委就得到消息，并且开会讨论，决定由我去同起义部队联系。那时还没有公路，行进很难。当我跑到上杭的时候，便碰上了周恩来同志，向他汇报我们的情况。他听到一个地方的党组织来汇报工作，很高兴。早在大革命时期，我同周恩来同志在广州、上海就认识了。我要求周恩来同志留下一支部队，多少都行，一个营也好，至少留一个连，帮助我们搞武装斗争。我们平和、龙岩、永定、上杭这几个县都有组织，有基础。但他讲，要集中兵力打潮汕，和海陆丰联系建立新的革命根据地，兵力不能分散，只能留下 50 支步枪给我们。特别讲这几个县的武装斗争要我们自己去搞，要组织发动武装暴动。

与此同时，我们又收到八七会议的《告全体党员书》和关于秋收起义的文件，号召发动农民群众实行土地革命和武装反抗国民党反动派。

南昌起义部队进军广东后，朱德同志在三河坝打了几次胜仗后撤退，由百侯、枫朗到饶平茂芝，收容了从潮汕撤退来的队伍，经平和到永定峰市。我们在上杭城听到消息，我就写了封信，叫一个广州农讲所毕业的学生温家福送去给朱德同志，要求他们留下来在我们闽西南搞武装斗争。但后来朱德同志到闽赣交界的地方给我回信说："我们部队不能回来了，闽西南的武装斗争要你们自己去搞。"

根据党的八七会议和周恩来、朱德同志的指示，我们决定在上杭、龙岩、永定、平和这几个县贯彻执行，布置开展武装斗争。

首先，我们在上杭开会研究，决定要先在农村中建立根据地，组织武装力量，然后包围县城。之后，我们在龙岩找了邓子恢同志，在永定找了张鼎丞同志，以及到平和找朱积垒同志都是这样布置。

我到平和不久，广州起义便爆发了。我们得到这个消息后，就由我带了罗秋天同志去到大埔高陂，想具体了解一下广州起义的情形。但没有了解到什么东西，随即又返回长乐。没过多久，赵自选同志就来了，他是农讲所的军事总教官、广州起义的副总指挥。起义失败后，他要去找毛委员，从香港来福建厦门、漳州，听说我在平和，他的学生朱积垒也在那边，便找到长乐来。当时，我们除了请他给大家介绍广州起义的经过和意义外，又同他商量，征求他对我们武装斗争计划和包围县城的意见。他表示同意。赵自选走时，我们还让平和的组织派人送他到永定，再由永定派人送他到龙岩，又由龙岩派人送他到江西交界。而我是在布置、准备好了以后，才离开平和，1928 年 1 月间回厦门去做省委书记，后来就收到 3 月 8 日平和暴动的消息。所以，平和暴动并不是什么凭空而来的东西，而是贯彻党的八七会议精神，根据周恩来、朱德同志的指示，同时还得到赵自选同志的鼓励和帮助，经过布置、准备的武装暴动。

平和暴动主要导火线是反动军队经过平和时派挑夫。平和的土豪劣绅知道长乐乡比较"赤化"，专门把派挑夫的名额大部分落在长乐乡，而且挑夫挑完以后，又把他们关在县城，等有军队需要时再挑，实际上成了长期的挑夫"犯人"，致使长乐乡的农民非常激愤。当时县委、县农会又在长乐那边，农民强烈要求县委、县农会攻进平和城去，把挑夫抢回来。因此就集中了 1000 多人打平和城。当时只有反动民团在县城，反动军队没有在那边，我们一攻城反动民团就跑了，我们就把 40 多个农民放出来，把其他政治犯也都放出来，完成这个任务之后，本来还要去抓地主、恶霸来斗，但他们都逃跑了。

平和暴动的意义是很重大的，它既贯彻了党中央八七会议的精神，用革命的武装反对了反革命的武装；也响应了党的号召，发动农民实行土地革命。同时，平和暴动还是两个省的四个县联合斗争，是互相支持、互相帮助的革命行动，使农民知道了一个斗争方向：我们要武装起来，打倒反动派，要建立自己的政权，没收地主土地，实行土地革命。

福建的武装斗争，开始就是从这几个县搞起来的，平和最先，以后就是龙岩、永定、上杭。到 1929 年毛委员来了以后，走农村包围城市，最后武装夺取政权的道路，就进一步得到实践了。

白土斗争与后田暴动

邓子恢

福建龙岩白土（东肖区）从大革命时期就有了共产党的组织，有了农民运动，但农民没有得到实际利益，经过张旭高火烧阎罗天子，在部分农民中又引起了反感。1926 年夏收时，后田、郑邦、邓厝、盂头等处实行了减租，但大乡村如溪兜、龙聚坊、菜园厝等还没有工作。到 10 月秋收时，经过区农民代表大会议租后，减租才较为普遍地进行，以后经过后田、郑邦和盂头的秘密农会串联，才在溪兜、龙聚坊、榴坑、肖坑、东坑、西坑、连圣、曲潭、田洋等乡发展工作。

1927 年四一二反革命政变后，福建国民党右派对共产党人和革命群众进行残酷迫害，当时，其他区乡农协都被解散或自行瓦解，许多农会积极分子被捕罚款，或逃亡他乡，只有白土农会仍然存在，陈国辉也不敢到白土来抓人。白土农民又以拖的方式，实行了抗捐、抗税、抗粮。后田、郑邦、榴坑、龙聚坊、邓厝、盂头等乡农民，在减租胜利后进一步向封建族长算公堂账，揭发族长贪污公款，并要他交出存款。过去祠堂祭祖时祭祀的猪、羊、果品等，大部分按绅士功名分配，分到农民手里寥寥无几，这个时候则根据农会提议，按现到人丁分配，这种斗争虽属小节，但对绅士族长的威风却起了很大的打击作用。

此时龙岩党支部改组为县委，书记是罗怀盛同志，郭滴人同志为组织部部长，我为宣传部部长，陈品三为军事部部长，县委机关驻在后田。省委派陈祖康来传达八七紧急会议精神，布置武装暴动。由于陈祖康在永定之坎市、大排一带土匪中有一些工作，他便主张调动坎市和大排土匪配合白土农民进攻龙岩城，这是一个完全军事投机的盲动冒险计划。县委同志认为这样不仅不能攻进城，即使侥幸入城，而让土匪大肆抢劫，更要丧失人心，脱离群众。因此，大家都不赞成。陈祖康却坚持己见，最后由于坎市、大排土匪调不动，才打消此计划，陈祖康也从此离开龙岩。

1928 年过了春节，粮食涨价，后田农会决定禁粮出口，平定粮价，这对贫雇农有利，但对地主富农极为不利，因此阶级矛盾进一步尖锐化。后田地主企图压服农会，便雇用一批流氓、地痞、拳术师和个别落后农民组织拳术馆，与农民协会的拳术馆对抗。到了农历二月十三那天，地主阴谋进一步破坏农会，要他的走狗陈北瑞暗杀我农会负责人，后田支部便决定那天晚上先打死陈北瑞，趁机暴动。此决定得到县委批准，并通知郑邦、龙聚坊、邓厝、盂头等支部一致行动。那天黄昏后不久，陈北瑞刚从地主大楼出来，便被农会负责人陈锦辉一枪打死。枪响后，后田反动地主都溜走了，后田农会便召开群众大会，宣布地主阴谋与陈北瑞的反动行为，并当场要后田地主将所有田契、借约、枪支都上缴农会，当时收到枪支十几支，田契借约当场查明焚毁，宣布从此旧债不还、田租不交，田地由农民分配。第二天又将地主粮食没收，分配给无粮少粮的农民，平素掌管公堂地的地主所欠公堂账款亦限期交出，共收到四五百元。除后田外，郑邦、龙聚坊、邓厝、盂头也相继行动，缴到一些枪弹、银款，烧了一些田契借约，但反动分子都溜走了。当时溪兜是白土反动中心，我们有了工作，但组织力量不大，因此溪兜未能发动，只缴到少数枪弹。

后田暴动后，我们工作迅速开展，上述有斗争的各乡农民马上武装起来，夜间武装巡逻，每个秘密农会会员都有脚绑刀，所谓"三毛钱驳壳"，全区所缴洋枪近 50 支。当时白土比较大的地主都逃往龙岩城，向陈国辉告状。农历二月十九晚陈国辉便派了一团人包围后田，一路从龙岩城沿白土街直上后田；另一路从南洋坝取道肖坑、隘头，绕出畲头、西坑，抄袭后田退路。当敌人进到仙宫山以后，我各乡农会便沿途鸣锣报警，敌人不知我之虚实，进兵很慢，天快亮才进到后田桥头，当时我农会武装 50 余人在罗怀盛、陈品三、陈锦辉诸同志率领下与敌抵抗了 2 小时。这天晚上，我刚到隘头召开秘密农会，布置农民斗争及与孔夫乡的联络工作，夜11点忽闻大批队伍过路，我断定是敌人进攻后田，这是从畲头去西坑，包抄后田的一路。队伍过完后，我和隘头农会同志便带铜锣登上榴坑山顶，高声喊叫，使后田知道后路有敌人包抄过来。农会武装听闻西坑后路发现敌人，才向东坑山上撤退。第二天上午从榴坑山上看到敌人进占了后田，估计我们的武装已撤到山上，因此，我便从隘头到孔夫乡找当地区委书记林梅亭同志，要他准备干粮接应后田撤出武装，并与林商量住宿地点。傍晚，后田撤出武装果然到了孔夫与隘头山上，我与罗怀盛、陈品三诸同志见面后即向商定住宿地点——大排公学前进。这个地方有不少土匪武装与文溪党组织有联系，而这一带又属永定界，不属陈国辉管辖，因此我们武装在这里隐蔽驻扎了一个多月，生活得到供应，人员得到训练。

当敌人进攻后田时，我们没有伤亡，但后田和白土群众都受了很大摧残。陈国辉部队在白土住了一个多月，各乡地主和反动派全部回来，他们勾结陈国辉部队向农民报复，所有农会积极分子家属都被派粮、罚款、杀猪，以供应陈国辉部队。这些反动派到处耀武扬威，中农心惊胆战，雇贫农则垂头丧气，整个白土笼罩着白色恐怖。为打破这种局面，我们组织了一个20人的游击队，以陈锦辉同志为游击队队长，由大排秘密潜回白土，在桐冈学校捕杀一个反动分子。由于该反动分子住处变更，杀了另外一个人。这个消息传开，第三天白土的反动派又一起溜走了。从此，白土晚上便成了红色世界，雇贫农扬眉吐气，中农重新靠拢我们，地富分子则老老实实，不敢再为非作歹了。这个游击队之后又转到各乡进行游击活动，打反动、抓土豪、筹款，以解决当前工作上所需要的经费，这是闽西第一支红色游击队，从此龙岩工作进入一个新的发展阶段。

后田暴动就其本身阶级力量对比来说，农民处于绝对优势地位，枪声一响，地主便毫无抵抗，所以从表面上来看，后田暴动似乎轻而易举。但应该知道，后田暴动是在全龙岩白色恐怖的"反共"高潮情况下举行的，从陈国辉回龙岩以后，国民党县党部被解散，30多个同志又一次被"通缉"，各区乡农会被解散或自行瓦解，只剩下白土仍在顽强斗争，所以后田暴动不仅仅是后田一乡之事，首先应该看作是龙岩革命群众对陈国辉白色恐怖的一种武装反抗的尝试。其次，后田暴动后马上实行土地革命，这是闽西千百万群众千百年来梦想的实现，所以后田暴动应该看作是闽西土地革命的先声。再次，后田暴动是闽西人民武装斗争的开始，特别是从此组成了游击队，依靠游击活动去开展工作，这就使闽西革命改变了两年来的合法斗争局面，从此走上了武装斗争的新阶段。更为日后实行工农专政，建立革命根据地开辟了道路。

后田暴动以后，由于游击队的活动，白土很快又在我们掌握之下。接着农历六月间省委派了王海萍同志前来组织闽西暴动，便以白土为中心，调上杭北四区农民武装和永定、文溪一带的农民武装前来白土集中，与白土游击队合编，成立红军第五十五团，进攻龙岩城。当时白土还有几百农民参加攻城，以后又转攻永定之西坡岭和坎市，最后转到永定溪南里与永定红军会合。这次攻城虽然没有胜利，但闽西农民的伟大力量已使敌人心寒胆丧，这对当时的永定暴动是一个战略上的配合，同时也为 1929 年大暴动奠定了政治基础。

坝下抗捐税斗争[*]

许淑修

　　1928 年春，中共仙游县委在东乡坝下地区组织了一次农民反抗烟苗捐暴动。这次暴动是在党的领导下有计划有组织的暴动，也是中共仙游县委建立后第一次组织农民暴动。

　　1927 年 4 月，中共莆田特区区委书记陈国柱在仙游县兴泰山区建立了中共上宫支部。下半年，陈国柱再次来到仙游，根据上级党组织的指示整顿和恢复党组织，发展了一批共产党员，我就是那时由陈国柱介绍入党的。年底，陈国柱组建了中共仙游县委员会、下粮东乡支部、城区支部、南区支部。当时，陈国柱任县委书记，我是县委委员，在城区的县委领导人就我和陈国柱，所以，县委的工作经常由陈国柱和我探讨研究。

　　县委成立后，我们就着手准备组织农民武装暴动。在南

---

　　* 本文原标题为《坝下抗捐税斗争的掀起》，收录时做了适当修改。

区赖店地区的鹅头山村，我们发展了郑开榜等农民入党，建立了中共南区支部。当时，郑开榜不堪承受恶霸郑虎的欺凌，同郑虎做斗争。1928年正月初二，郑开榜将郑虎打死。事后，郑开榜到土匪中当伙夫，准备拉走土匪的枪支以建立武装队伍，但这次行动没有成功。接着，县委就准备组织农民反抗烟苗捐暴动。

仙游县种植烟苗（鸦片）有较长的历史，当时政府强迫农民种植烟苗，从中征收捐税作为财政收入和军饷来源。1928年春，正值烟苗收获季节，国民党省政府派王文纲任莆田、仙游烟苗捐局局长，王一到仙游就抓紧征收工作，将捐税硬性摊派到各个乡村。海军陆战队驻莆田第二旅旅长林寿国也将烟苗捐税当作他的肥源，派其副官陈恪三等坐镇仙游，从中分赃提解。这样每亩烟苗征收捐税达20元左右（银圆）。农民负担已经够繁重了，可是，地方劣绅及捐税员还要从中加收三成左右，装入自己的腰包，甚至没有种烟苗的土地也要征收所谓"田亩捐"。繁重的苛捐杂税，农民不堪承受，强烈要求取消烟苗捐。县委分析了当时仙游的形势，决定在坝下率先组织农民暴动，以推动全县的农民暴动。

坝下地处东乡平原，群众种植烟苗多，受当地政府压迫重，反抗的情绪尤为强烈，有很好的群众基础，又是人口密集的地区，便于组织和发动群众。而且，坝下地区于1927年就建立了中共东乡支部，有党组织的领导，县委委员王于洁就是坝下地区人。根据以上情况，县委决定由王于洁同志以抗缴烟苗捐为契机，在坝下组织农民暴动。

王于洁家住折桂里（今坝下）的前溪村，我到他家好几次，他家庭早年破落而贫寒，所以他疾恶如仇，具有革命思想。五四运动后，他就是东乡学生运动的组织者之一，发动学生反对军阀，1924年毕业于北京高等警官学校，1925年任将乐县警官不到两个月，因不满北洋军阀的黑暗统治而弃职回家，1927年由陈国柱吸收他加入中国共产党。当时，王于洁在坝下和一批共产党员一起，极力鼓动农民起来暴动，成立了烟苗捐清算委员会，组织农民抗缴烟苗捐款。

1928年4月下旬的一天下午，坝下象洋村公演莆仙戏，王于洁乘此机会，登上戏台宣传鼓动农民起来暴动。在共产党员的带领下，立即就有成千上万人像潮水般冲向坝下捐税所。群众砸毁捐税所的用具，迫使捐税员退还捐款。接着，群众组成声势浩大的游行队伍，将捐税员陈坤生、吴段太等人押到坝下街、榜头街等地游街示众，同时勒令陈坤生口念："我姓名陈坤生，外号叫作锄头丁，一生办捐又办献，因此游街来示众。"沿途又有许多农民群众加入游行的队伍。几天之内，坝下农民暴动声势越来越大，各个乡村掀起清算烟苗捐款、斗争土豪劣绅的浪潮，连小学生也加入农民暴动的行列。竹庄小学青年教师黄会秀带领学生到乡村中去，宣传鼓动农民暴动，将捐税员范志甫、陈鸿飞等人戴上大高帽进行游街批斗。共产党员郑珍应当地群众的要求，将罪恶多端的流氓地霸王辉抓起批斗后，又拉到甘蔗田中将他打死。这样大灭了土豪劣绅的威风，大长了劳苦大众的志气，大大地激发了农民参加暴动的热情。

坝下农民暴动发动后，县委及时给予指导，我们认为必须趁坝下暴动的大好形势，将暴动的浪潮推向全县。于是，在县委的领导下，各地的共产党员积极组织农民暴动，西区的农民群众夜间在山头敲锣击鼓、燃烧烽火、大造声势，群众抓到民愤极大的捐棍郑伦活活将他打死，可见群众对国民党政府苛收捐税已愤怒到极点。

当时，县委机关在城关，县委书记陈国柱在县立中学任教，我也在县立中学工作，我与陈国柱研究决定在城区发动学生起来声援坝下农民暴动。于是我们在县立中学组织共产党员和进步青年学生进行宣传发动工作，县立中学的学生首先发起罢课斗争，城区各校学生积极响应。

5月9日这天，城区县立、慕陶、现代等中学的学生1000多人，以纪念"五九"国耻日为由聚集在县体育场召开大会。会上进步的青年学生猛烈抨击国民党政府的反动统治，强烈要求取消苛捐杂税，号召全县学生声援坝下农民暴动。会后学生举行大示威大游行，沿途散发传单，高呼"打倒军阀！取消烟苗捐！"等口号，观众人山人海。当游行的队伍途经莆田、仙游烟苗捐局局长王文纲的住宅时，愤怒的学生用石头砸王的楼房，接着又冲进县署抗议，县长黄裳九吓得从后门溜走。

坝下的农民暴动席卷全县，有力地冲击了国民党县政府的统治基础和地方军阀，于是林寿国下令镇压坝下农民暴动。5 月 10 日，由副官陈恪三带领一个连的兵力到东乡坝下缉查惩办，抓捕了进步青年教师黄会秀，"通缉"共产党员王于洁、郑珍、林步云等人。黄会秀被诬告为"赤匪"关进了监狱，陈恪三电告莆田旅部林寿国，林复电密杀。于是于 11 日夜，由排长林益谦率十多名士兵，将黄会秀手足捆紧，用箩筐抬到城西池头山上秘密杀害，黄会秀牺牲时年仅 22 岁。王于洁、郑珍等人由陈国柱介绍秘密转到莆田参加革命活动，在莆田、仙游交界的山区组建游击队。不久，林寿国又密缉陈国柱，陈国柱被迫离开莆田、仙游，轰轰烈烈的坝下农民暴动被反动派血腥镇压了。陈国柱离开仙游后由我主持县委工作，继续领导仙游的革命斗争。

金丰大暴动

邓子恢　张鼎丞

1928 年初，长汀、上杭的反动军阀郭凤鸣旅、龙岩的陈国辉旅、永定的张寅部一个支队，勾结各地地主豪绅向革命群众疯狂进攻，到处派捐派税，抓人罚款，于是激起了闽西各地的农民暴动。

先说龙岩，我们在白土区（即东肖区）开展了全面的农民斗争，地主不甘心，便收买了一批流氓、落后分子，成立拳术馆，名为学拳，实则想以此威胁农民，瓦解农会，甚至暗算我们的干部。我们针锋相对，也组织了拳术馆，农民协会中的青壮年晚上都聚集练武，声势更大。大家都渴望能有武器，这时，农民没有钱买枪，便决定除了使用旧有刀矛外，每个农会会员都买一把脚绑刀，藏在身上，大家把它叫作"三毛钱驳壳"。

这时，龙岩县委设在离白土街五六里山边上的后田乡，县委书记是罗怀盛同志，郭滴人是组织委员，邓子恢是宣传委员，军事委员是陈品三。春节过后，米价大涨，后田乡支部立即决定限制米价，并禁止粮食出境。后田有几个大地主，收买了狗腿子，企图暗杀我农会负责人，这事被我们发觉。后田支部决定先下手为强，县委认为后田暴动的时机已经成熟。到了农历二月十三那天，地主进一步阴谋破坏农会，要他的走狗陈北瑞暗杀我农会负责人，后田支部便决定那天晚上先打死陈北瑞，乘机暴动。此决定得到县委批准，并通知郑邦、龙聚坊、邓厝、盂头等支部一致行动。那天晚上黄昏后不久，陈北瑞刚从地主大楼出来，便被农会负责人陈锦辉同志一枪打死。枪响后，后田反动地主都溜走了。后田农会便召开群众大会，揭露地主的阴谋与陈北瑞的反动行为，并当场要后田地主将所有田契、借约、枪支都缴来农会。当时收到枪支十余支，田契借约当场查明焚毁，宣布从此旧债不还、田租不交，田地由农民分配。第二天又将地主粮食没收，分配给无粮少粮的农民。平时掌管公堂的地主所欠公堂账款亦限期交出，共收到四五百元。这就是二月十三晚上的后田暴动。

1928 年 4 月，中共永定县委，根据溪南、金丰和湖雷等地群众武装准备的情况，召开了党的代表会议，布置武装暴动问题。当时的计划，先在金丰举行暴动，估计城内的反动军队张贞的"江湘支队"必然开往镇压，而我们溪南的群众武装即可趁虚占领县城。

由于金丰暴动，永定城的反动军队张贞的"江湘支队"，在 5 月 13 日出动了一个营前往镇压。这时，溪南区委立刻根据县委的计划，动员了三四千名群众，抬着大炮，肩着土枪、梭镖，向县城冲去。张鼎丞担任这次武装暴动的总指挥，农民十分勇猛，一直冲到县政府前。

当时，领导没有指挥战斗的经验，群众又是初次作战，乱打乱冲，打进城后，不知道首先肃清残敌，而先去打监狱营救被捕的同志。因而，退守据点的敌人得以从容反攻，巷战了 2 小时，相持不下。后来我们不得不退出城外，层层地包围了县城，敌人不敢出城，我们也攻不进去。打了一整天，群众没有吃饭，士气仍然很高，天晚了撤回来，天一亮又自动地包围起来，又打了一天，第二天仍然是这样。直到镇压金丰陈东坑暴动的敌人撤回来了，我们才撤回各乡村。这次攻城，是闽西历史上最大的一次群众性暴动，凭土枪、土炮居然敢于和正式队伍对抗，居然攻进了县城，这种英勇的行动，大大地鼓舞了其他各地群众的武装斗争情绪。

那时，邓子恢已调到上杭县委，上杭县委听说永定群众武装攻城，估计攻下城市后，一定会影响上杭的群众，因而郭慕亮同志（县委书记）就派邓子恢去找鼎丞，了解攻城情况，并商量杭永协作。邓子恢在途中，看到从城里撤退下来的手持土枪、梭镖的群众，个个兴高采烈、乐观、坚决，充满了革命者的豪迈气概。

当时，因为一般小学教员都是共产党或左派，因而各地党都是以小学为工作依托。由小学教员出面办夜校，向群众进行宣传教育。那时宣传方式主要是山歌，我们出个题目教农民们唱，再将它记录下来，略加修改，然后加以推广。响亮的歌声，好似一簇簇野火，燃遍了闽西的乡村和山谷。山歌一直唱到陈国辉的兵营里，唱得反动派心惊胆战：

不怕强盗不怕偷，
不怕白鬼来烧楼！
旧楼烧掉无要紧，
革命成功盖新楼。
打起红旗呼呼响，
工农红军有力量。
共产万年打天下，
反动终归不久长！

上梅暴动[*]

詹贵老

　　1928 年 9 月 9 日，徐履峻和陈耿给我写了一封信，叫我和其他三个党员一起赶到南岸过夜。他们三人因为要收秋，没有去，我就一个人到了南岸，见到了徐履峻和陈耿，还有一位省委巡视员。当晚，在傅顺余同志家过夜。第二天吃过早饭，我们五人一起到大埠头徐履峻家。

　　9 月 10 日晚上，乌云滚滚，下着大雨。县委在徐履峻家楼上开会，有 50 多人参加。除了省委巡视员和徐履峻、陈耿等人外，还有全县各地党、团支部的负责人，我作为枫坡党支部的负责人出席了会议。会上，先由各支部汇报党组织的发展情况；接着，会议就县农会被取消后，新的农民组织定什么名称进行了讨论，会上正式确定为"民众会"；最后，会议讨论了举行武装暴动的问题。徐履峻在会上向大家

---

　　* 本文原标题为《上梅暴动所见所闻》，收录时做了适当修改。

介绍了近一个多月来他在东乡上梅一带筹划工作的经过。

那是在 7 月下旬，徐履峻头顶炎炎烈日，来到上梅后坂村，在他的同学张子良家里办起夜校。没多久，就和参加夜校念书的丁细弟、袁赤、祝火明等农运骨干结为知心朋友。

有一天，夜校放学后，袁赤等人来到徐履峻房间，谈起上梅"松筒客"牛柯仔仗着日本鬼子的势力，开办松木厂，欺压这一带农民的情况，徐履峻听后，满腔怒火，问他们说："你们为何这样老实，怎么不敢和他们斗？"袁赤回答说："不是我们老实，也不是我们不敢斗，牛柯仔这头狼有钱有势，官府护着他。唉，我们怎么斗得过他呢？"

"一个人当然斗不过他们。可是，我们有这么多弟兄，大家团结起来就有力量了！"说到这里，徐履峻蹲到凳子上，挥起拳头，对准牛柯仔松木厂方向狠狠砸去："他们是挑来的水，我们是透来的水，还怕他们？"

袁赤等人越听越来劲，个个捏紧拳头，把牙齿咬得咯咯响，有的干脆坐到桌上，紧紧围着徐履峻，愤愤地说："怎么不敢斗，我们早都憋不住了，就是没有人带头。"

徐履峻好像早就料到他们会这样回答，马上拍着胸脯说："你们敢斗，我来带头。"不久，徐履峻就介绍袁赤、丁细弟等农运骨干入党，建立了上梅党支部，徐履峻和党支部领导农民投入抗捐、抗税、抗租、抗债、抗粮的"五抗"斗争，发动农民以"防匪"为名，筹集资金，捐献铜铁，派人到江西等地买来马腿（土枪）、九节鞭（土炮）和炸药，集中各村打铁匠打制锡炸弹、梭镖和先锋刀，每家每户都准备了至少一件的武器。上梅一带的暴动准备工作很快就红红火火地开展起来。

参加会议的同志听了徐履峻的介绍，都对他的工作表示十分满意和钦佩。大家对继续发动东乡上梅、下梅的暴动进行了热烈的讨论，决定会后徐履峻到东乡、陈耿到北乡、徐福元到西乡、左诗赞到崇浦交界的高洋和岱后、我留在大南乡，进一步落实暴动的准备工作。

会议结束时，已是下半夜了，雨早已停住。我望着窗外漆黑的天空，心中翻起滚滚波涛，不由得默默念道："黑夜啊，看你还能有多长！天不是就要亮了，太阳不是就要出来了吗？"

9月30日，陈耿派人送来通知说：上梅的群众于28日捉斗了松木厂的经理，还抓了一些土豪劣绅，明天（10月1日）要召开全县民众暴动大会，要我留在枫坡严密监视兴田、黄土的反动民团。尽管我非常想去参加大会，亲眼看看那叫人扬眉吐气的场面，但陈耿先生介绍我入党时一再嘱咐我"参加革命就要听党的安排，叫怎么干就怎么干"的话又在耳边响起。于是我就坚决留了下来。

1929年2月1日上午，陈耿又派人叫我马上赶到下屯。我想很快就能见到自己的良师益友，心里怎么也不能平静下来。一路上，我翻山越岭，连走带跑，恨不得早些飞到他的身边。到了下屯，已是傍晚时分。陈耿安排我吃过饭后，就拉我到一座空房子里坐下，向我细细讲述了两次暴动的全过程：

1928 年 9 月 28 日，正是农历中秋时节，又逢上梅圩期，街上人来人往，十分热闹。太阳刚从梅岭山头露出不久，只听"砰"的一声枪响，徐履峻发出了暴动信号。20 多名全副武装的民众会员紧跟在徐履峻后面，冲进了牛柯仔松木厂办事处，活捉经理陈光盛，砸烂了松木厂办事处。听说是捉住了陈光盛，上梅街顿时炸开了锅。往日受尽了欺压的穷苦百姓蜂拥而上。"抓陈光盛了！抓陈光盛了！"喊声在梅岭上空回荡。

徐履峻等人把浑身发抖的陈光盛押到大庙，在群众的怒吼声中，陈光盛被罚款 1000 块银圆，还写了保证书。接着，徐履峻又把民众会员分成几组，派往各村捉拿平时最恶劣的反动地主豪绅。

10 月 1 日，县委在东乡上梅召开民众暴动大会，4000 名手持土枪、梭镖，肩扛土炮的农民，浩浩荡荡从四面八方拥进会场。大会开始，徐履峻宣布暴动纲领，号召"工农武装起来，打倒国民党反动政府，打倒土豪劣绅，废除反动联首、地保制度，实行平田废债，建立工农民主政权"，宣布民众局为暴动最高权力机构。大会宣布当场处决两个民怨最大的土豪劣绅，其他的也分别罚了款。这时，全场响起了"工农武装起来！""打倒土豪劣绅！"的口号声。

世世代代从来没有像今天这样扬眉吐气的农民，飞快地冲向崇安大地主朱、万两家设在上梅的谷仓，开仓分粮，农民个个欣喜若狂，激动得直流眼泪。大庙坪上升起了滚滚浓烟，焚烧了从土豪劣绅家中收缴来的地契和债券。几千年来压在农民头上的大山搬掉了，暴动的红旗在上梅高高飘扬。

　　但是，革命的道路是不平坦的。上梅暴动，引起了反动政府的极端仇视。10 月 31 日拂晓，住在上梅后坂村张子良家里的徐履峻早已起了床，不顾连续几天的劳累，拖着疲乏的身子来到民众局。这一天，他还有许多事情要办啊！他要派左诗赞、游瓯、张银英等人到福州向省委汇报敌人近几天进攻上梅暴动区的情况；他要重新部署保卫上梅的战斗；他还要收拾行装，准备亲自到赣东北请红军前来支援；他还要……徐履峻正要跨进民众局大门，突然发现村东头拥过来一大群敌人，村西边也晃动着密密麻麻的人影，民众局被首阳的反动联首杨锡良带来的敌人包围了。

　　情况十分危急，上梅的民众武装主力都守在东南隘口，村里只剩下一些老人、妇女和儿童，立即组织反击是不可能了。徐履峻当机立断迅速翻过几堵矮墙，准备冲出村外通知民众队。敌人发现人影后，马上包抄过来。徐履峻见无法突围，只好躲进一户人家的谷仓。敌人把谷仓团团围住，正想撞开仓门，只听见"砰砰砰"几声枪响，几个家伙应声倒地。顿时，敌人乱成一团，慌忙扑倒在地，晕头转向地朝天乱放枪。等到他们看清了屋顶的人影时，才连声大喊"捉活的啊""活捉徐履峻有赏啊！"这时，只见徐履峻从容不迫地立在屋顶，大喊一声："打死我一个徐履峻，还会有十个徐履峻为我报仇！"说完就举起手枪，用最后一颗子弹射向自己，壮烈牺牲。

年仅32岁的农民领袖徐履峻同志虽然离开了我们，但他的光辉形象永远活在劳苦大众心中，他的伟大业绩将世代为人传颂。

莆田烽火[*]

邓子恢

1930 年夏季，立三"左"倾机会主义路线在中共中央占据了统治地位，虽然只三四个月时间，但却使中国革命受到了严重挫折。同样，闽西地区革命也深受其害，主力红军蒙受重大损失。当时我和张鼎丞等根据闽西革命斗争的实际，不同意闽西红军主力出击东江，为此被"左"倾领导者指责为新右倾主义而遭到粗暴排挤。正是在这样的情况下，我才离开闽西，作为省委巡视员调到闽中来。

我化名老李来到莆田时，正是晚熟龙眼上市的时候。一到这里，我们就在三十六乡的中和寺主持召开莆田党、团扩大会议，参加者有县委书记王于洁，委员陈天章、郭寿銮、王纪修、蒋声等十余人，共青团县委 7 人，共 20 余人。会上，我传达了省委指示及闽西土地革命经验，分析了莆田革

---

* 本文原标题为《回忆莆田革命斗争》，收录时做了适当修改。

命斗争的形势。会议在讨论革命根据地的选址时，陈天章认为他的家乡外坑地处莆田县东北部偏僻山区，与仙游、永泰、福清县交界，群山绵延百余里，地理位置好，而且农民群众生活贫穷，易于发动，具备建立革命根据地的条件，建议到那里进行苏维埃运动的试点工作。我和其他与会同志采纳了陈天章的建议，决定将红军游击队向外坑开进。

就在红军游击队即将往外坑转移前夕，红二〇七团在澳柄被国民党海军陆战队一个营包围。是日拂晓，浓雾笼罩，红军岗哨发现较晚，来不及开枪警告，结果吃了败仗，枪被缴去17支，队员牺牲了13人，团长黄琬被捕牺牲。随后，杨伟被任命为红二〇七团团长，陈天章仍任政委，队伍共有百余人，枪近百支。

10月间，红军游击队由下茅到上茅，采取波浪式推进方式，由澳柄据点转移至外坑乡活动。到外坑后，中共莆属特委（亦称闽中特委）即宣告成立，我任特委书记。与此同时，将红二〇七团改编为福建红军游击队第二支队，由张威任支队长、王于洁任政治委员，原红二〇七团政委陈天章改任第二支队政治部主任；还成立了教导队，由汤军任队长。

支队长张威和教导队队长汤军，是黄埔军校的毕业生，由他们负责支队的军事训练。因为驻地所限，他们只在室内讲一些军事常识，也把毛泽东的十六字诀"敌进我退、敌驻我扰、敌疲我打、敌退我追"以及用波浪式推进方式的战术拿来讲解。

红军游击队在外坑大力发动群众，宣传分田废债，组织赤卫队，打击土豪劣绅，发展红军队伍。12月上旬，莆属特委在外坑宣德宫主持召开有104人参加的群众大会，宣布外坑乡苏维埃政府成立。大会开始后，由我先做报告，号召贫穷的父老乡亲们团结起来，跟着共产党闹革命，推翻地主阶级的统治，建立属于农民群众自己的苏维埃政权。接着大会选举产生了乡苏维埃政府成员，马备为政府主席，蔡扬、蔡钵为赤卫队正副队长，蔡珠、陈正斜为妇女会正副主席。随后，陈天章、马备带头将地主林少平、林景等的地契当场烧掉。

外坑乡苏维埃政权诞生后，被国民党反动当局视为眼中钉。没过几天，国民党海军陆战队林寿国部即派张权、方东明、严其昌等3个连及范少京、戴光宗的民团常备队向霞瑶进攻。我们得到报告，就利用外坑和霞瑶互为掎角、易守难攻的地理优势，指挥红军游击队由外坑侧击，敌人知道红军有备，便慌忙退去。

在挫败国民党军"围剿"之后，我与特委其他领导人商量，决定有计划地向外发展，扩大苏区范围，先在周边打击地主势力，组织农民群众。几天后，红军除留下部分人员守卫外坑、霞瑶外，大部分开往梅洋斗争地霸江六九蕊。此人经售鸦片，牟取暴利，恃其江姓旧势力，横行霸道，无恶不作，尤以高利贷剥削为甚，四邻贫苦农民深受其害。外坑苏维埃政府成立后，江令其子江东山勾结林寿国部，企图与红军对抗。当红军直攻梅洋时，江家恃房屋高大，将大门紧闭，并开枪顽抗。于是，红军用火猛攻。江自知难脱，只好开门受缚。根据群众的要求，即将其处以死刑。五天之后，其子江东山率领反动民团占据飞鸦寨及悬天岭一带险要处，企图截断外坑对外交通。红军游击队派枪法精良的射手，由陈蒲川带领，在峭壁悬崖之上开枪射击，毙敌数人，打击了敌人的嚣张气焰。

在梅洋打杀江六九蕊的消息传开后，外坑、霞瑶附近乡村纷纷派人到外坑来找我们党组织和红军，要求红军游击队到他们那里去。为了满足群众的要求，陈天章即派人分头到各乡宣传，并发动农民组织农会。当时泗洋受地主豪绅欺骗，不了解共产党的政策。我获悉情况后，认为群众工作至关重要，一定要把党的主张向群众阐述清楚。于是立即派陈天章、王纪修去乡下宣传。群众了解实情后，踊跃参加农民组织。在这期间，陈天章还奉命带队到顶井村斗争土豪，发动群众，并分稻谷和财产给贫苦农民。而后，群众亦开始武装，以保卫胜利果实。

水口暴动*

蓝永昌

我住的村子叫水口村，地处汀江和濯田溪交汇处。1929年5月，毛委员、朱军长率领红四军第三次入闽，来到"红旗跃过汀江，直下龙岩上杭"的渡口所在村。1929年5月20日上午8点左右，红军从长汀濯田来到水口，高举的红旗上写着"中国工农红军第四军"。

这天刚好是水口村的圩日，赶圩的人群从四面八方来到这里。水口集镇两旁有40来间小店铺，大家看到红军公平交易，纷纷开店营业。红军派出宣传队，开展宣传工作，并在街上和村里张贴红四军司令部布告和各种标语。在村旁书写："发动本地工农，打倒土豪劣绅""打倒国民党军阀""打倒帝国主义列强！""穷人不打穷人，士兵不打士兵！""男女平等，婚姻自由！""平买平卖，事实如证"等标语。

---

* 本文原标题为《水口暴动亲历记》，收录时做了适当修改。

红军真是说到做到。当时，一位贫苦农民邓五金妹挑了一担黄瓜到水口街上卖，红军炊事班战士便按一枚铜板买两条黄瓜的市价向她购买，她看到红军战士待人和气，买卖公平，很受感动，回家又挑了一担黄瓜到红军营房卖给红军。炊事班战士便向她宣传共产党的政策和红军的纪律，邓五金妹感动地说："红军真是天底下最好的军队。"

红四军来到水口后，分别召集红军指战员和贫雇农开会，我和兰勇（水口暴动负责人之一，后参加红军）等20人参加了这个会，协助红军调查了解情况，研究部署渡江事宜，还迅速派出红军小分队到各村征集渡江船只。当时，水口村的土豪劣绅早闻讯逃走了，一些船夫听说兵来了，一时弄不清是什么军队，害怕又会连人带船被劫服役，因此，把船撑到渡口附近偏僻处，躲进家里闭门不出。红军小分队在水口附近发现一条大木船停泊在偏僻的河边，通过向群众了解，很快地找到了船的主人兰星朗。红军战士来到他家，热情地向他们宣传党的纲领、红军的宗旨和纪律，请他们撑船渡红军过江。兰星朗他们打消了顾虑，带着战士们把本村另外两条大木船的船夫也动员出来，一起撑船来到水口。

这时已是上午9点多钟，其他红军战士也先后找到了9条大木船。9条大木船，都陆续来到了渡口，汀江渡口约有100米宽，因雨过水涨，河深水急。这时身背米袋、背包，手持步枪或大刀、长矛的红军战士已整齐地排列在河边。毛委员身穿军装，头戴军帽，脚蹬布草鞋，站在河边向部队做了简短的讲话后，上午 10 点左右开始渡江。这时，红旗飘扬，18 位船工撑着 9 条大木船，满载着红军战士（每条大木船 30 人至 40 人）横渡汀江。到下午 4 点左右，红军全部顺利渡过了江，每位船工领到了红军发给的工钱银圆 1 块（当时可买大米 26 斤）。船工回想起过去连船带人被国民党军队、乡丁抓当劳役，不仅拿不到工钱，还常遭到拳打脚踢的情景，看到红军纪律严明，处处为着穷苦人，不禁感慨万千，都啧啧称赞。

红四军在水口渡过汀江，直下龙岩、上杭，不久就传来红军在龙岩打了大胜仗的消息，水口广大贫苦农民喜上眉梢，奔走相告。在这大好的革命形势下，水口农民在张赤男领导下，由我和兰勇组织秘密农会骨干，积极筹备暴动事宜，并和濯田赤卫队取得联系，请他们制造声势，牵制濯田之敌，策应我们在水口举行暴动。濯田、塘背、古城等农民武装暴动的成功，极大地鼓舞着我们。12 月，长汀革命形势发展很快。月初，中共汀南特区区委与中共长汀县委合并，县委从南阳迁到涂坊，县委领导全县性农民暴动方兴未艾。土豪劣绅纷纷携带细软狼狈逃走，反动乡长也坐卧不安，随时准备逃走；乡丁军心动摇，有的辞职不干，反动乡政权处于瓦解状态。根据这些情况，我们认为暴动时机已成熟，就决定进行暴动。

12 月 21 日晚，我和兰勇及农会骨干 60 余人，在一个偏僻的山坳里开会，布置了第二天水口暴动事宜。我们仅有步枪两支，其余的都是秘密准备的大刀、长矛等，我们准备了一面大红旗。第二天凌晨 5 点，我们 60 多人的暴动队伍高举红旗，端起鸟铳，执着大刀、长矛，向乡公所发起攻击。早已胆战心惊的乡长在睡梦中一听到喊杀声，带着几名乡丁翻墙狼狈逃走。我们暴动队伍不费一枪占领了乡公所。随即成立水口乡苏维埃和贫雇农协会，大家推选我担任乡苏主席、贫雇农协会会长。随后我们领导广大贫苦农民继续打土豪，并向富农每户筹款银圆 50 块，一部分支援红军做军饷，一部分做乡苏经费。在水口附近的各村，如刘坊、巫坊、梅迳、兰南、连湖、露潭、陈屋等乡村的农民也跟着暴动。不久，水口乡苏维埃政府改为水口区苏维埃政府，区苏主席邓洪盛。

但是，不甘心失败的土豪劣绅和反动民团、乡丁 100 多人，从四面八方逃到离水口 60 华里的苦竹山上，筑起碉堡，凭借易守难攻的险要山势，负隅顽抗，并经常派小股便衣匪徒下山，偷袭附近区、乡苏维埃政府，屠杀革命干群。为了消灭这股亡命匪徒，巩固苏维埃政权，水口区苏维埃政府派出赤卫队队员 30 多人，有步枪 10 多支，子弹 70 多发，其余是鸟枪、土铳、大刀、长矛，在我的带领下，配合闽西红军第十二军一〇一团，先后三次围攻苦竹山，沉重地打击了反动势力。

从北乡到南乡

汪照元

　　早在 1927 年，北乡即有共产党在活动。乌石村的高渭南在丰乐小学任教，很早就和霞苍小学教员魏朝宗（龙岩人）、郑华接触，参加城区及南乡的工农运动，接受共产党的宣传。当时，漳州正德女中的两个青年女学生，一个是上杭人，叫德英，一个是汀州人，叫梅英。她俩经常找高渭南商谈革命事，就和我一块儿住。那时我 14 岁，已长得身高力大、头脑灵活、手脚敏捷。两人就有意拉我参加革命，便和高渭南商量，高渭南说："行！你们真有眼力，羊（杨品）仔是穷苦出身，养父母也是穷苦人家，人也老实。"

　　就这样，每逢她们俩来村里，就和我形影不离，教识字，讲革命道理。渐渐地我的胆子壮了，也不畏生。有天，她俩和我一起下地干活，悄悄对我说："羊仔，参加我们的队伍吧！"我睁大眼睛问道："我行吗？你们要我吗？"

"行，不过……"梅英有意顿了一下，我却急不可耐地哭丧着脸说："我知道你们是不会要我的。"看我着急的样子，德英禁不住说："谁说不要你，今晚一块儿参加行动。"

原来赤卫队和党组织已经有一段时间没有经费了，今晚的行动就是筹集经费，目标是中央村的洪九家。洪九的房屋是一座三进式的青石瓦房，门前一片大石堤。头进房是三个叔侄的住处，也算是护卫，不到睡觉的时候，他们是不会待在房里的；二进房住着洪九夫妻；三进房住的是洪母。此时我们四人直入二进房，只见洪九妻坐在八仙桌前抽着水烟筒。高渭南有意考验我，便在我的耳边如此这般地吩咐一番。因为是第一次，我既怕生又慌，定了定神，径直走进大厅，威严地说："洪狗（九）母，别声张，我们缺少经费，借钱来的。"洪妻万万没有想到会有一个小姑娘蹿进来，认为是哪路土匪，愣了一下，问道："你们是吴部，还是韩部？""我们不是什么部，是红军。""哦，是高渭南的人。"说完便转身入内房，打开箱子，拿出20块银圆，交给我。原来洪九在西北乡算是比较开明的富户。因为要来考验我，所以高渭南选这家让我试试。我接过银圆交给高渭南，第一次行动，使我激动不已。此后，我白天干活，晚上跟着大伙走村过乡，贴标语，发传单，组织农会。

王占春经常带人到北乡指导工作。腊月的一天傍晚，他又来到北乡，我很想见见这位大名鼎鼎的领导人，便和高渭南早早来到霞苍。在教室里，几位领导人见面之后，高渭南拉着我介绍给王占春。王占春勉励我要好好干，为穷人打天下。

1930年春，王占春到北乡开会，决定把北乡的农民斗争推向武装暴动阶段，并决定暂住一些时日，协助北乡地下党训练游击队，打击一些反动旅长、民团。会议之后，我也参加训练，由魏朝宗任游击队教官。

石亭联防团团丁是一些凶残暴劣、鱼肉百姓的家伙。4月26日是圩日，这一天早晨，当地的一个农民在卖白菜，团丁一大早就来收税，菜农苦苦哀求道："老总，菜还未卖，等卖一点再交，行不行？"

"他娘的，马上交！我没工夫跟你磨蹭。"

菜农欲言，那团丁抬脚把菜筐踢翻，举起枪托砸向菜农。赶集的人都怒目相对，但又不敢言。

王占春决定带我们去惩治这帮坏蛋，让我们也经受一下锻炼。29日晌午，6个团丁收完税后，分头回漳州。刚到高坑村口，我们就从甘蔗园里跳出来，闪在团丁背后，王占春大喝一声："缴枪不杀！"那班长见了，举起驳壳枪。说时迟、那时快，王占春一甩手，"啪"的一声，只见那班长的枪掉到地上，一手捂住受伤的手。那个欺压菜农的团丁心虚，拔腿就跑。王占春回手又一枪，那团丁"扑"地倒地，不动了。其余的团丁都跪倒在地上，举枪投降。这次行动我们缴了6支枪、400多发子弹，俘虏了5个团丁。游击队经受了锻炼，开始活跃起来。

北乡游击队的活动像在张贞屁股上捅了一刀，气得他暴跳如雷，勒令侦探缉查。许厝村族长林渣媒、坂园村族长林水源派出耳目，四处打探。

为了把农民运动推向暴动阶段，党组织决定分工负责把各地的农民协会组织起来。平时利用节日、迎神赛会、演社戏的机会，贴标语、发传单、上台演讲，北乡农民运动烈火越烧越旺。于是，北乡党组织决定利用这一有利形势，于5月29日发动一场大规模的农民暴动。

5月29日，一场规模浩大的农民暴动开始了。清晨，3000多农民在高渭南、王汝士、杨文德、杨文生、杨裕德的指挥下，从四面八方拥到乌石亭。赤卫队队员带着长枪、土枪、鸟铳、大刀、剑、长矛、长钩、棍棒等武装参加暴动。这时的北乡游击队只有9支单响步枪和1支大曲九手枪，我们就是带着这少而陋的武器在外线警戒，以防备漳州方面的国民党军。

下午2点，张贞得知消息，急令杨逢年派二营前往"清乡"。4点左右，杨逢年率一个营的兵力进入北乡。为了避敌锐气，在枪毙了罪大恶极的林渣媒后，郑华总指挥下令分散队伍，留下游击队与敌周旋。因我是女战士，奉令回家隐蔽待命。

敌兵进村后，北乡的豪绅又像充足气的皮球"蹦"了起来，他们给敌人带路，逐户清查。我在家里已经待不下去了，因为我一家有三个人参加了这次暴动，是敌人追捕的重点户，父亲和弟弟逃往浦南。我因为要负责联络，只好白天躲在山上，晚上回村来弄点吃的。望着那残垣断壁，想到和组织失去联系，像个没娘的孩子，我的眼泪掉下来……

东躲西藏、昼伏夜出的日子大概过了半年，至1931年初，王占春才到北乡来料理乌石亭暴动的善后事宜。因为乌石亭暴动时，王占春不在漳州，之后又忙于组建游击队。

王占春决定由高渭南带几个人坚持北乡的游击战，一部分到南乡参加游击队，我也就在这个时候到了南乡。因为我是女同志，王占春决定让我在游击队部。

到南乡不几日，正碰上张贞派一个连的兵力，到九龙岭一带"围剿"游击队。我到南乡后的第一次战斗，是在木棉村。

木棉村边有一条小溪直通九龙江，当时漳州到漳浦还没通公路，敌兵分两路乘木船到达木棉村。游击队得到情报后，埋伏在溪边的小山上，准备迎击来犯的敌人。

敌人的先头部队，有一个排的兵力，配有一挺重机枪。当敌人进入伏击圈时，王占春大喊一声："打！"陆上的打水上的，目标集中又出其不意，密集的火力顿时把敌人打得蒙了头，乱成一团，20分钟就把敌人解决了，还缴了一挺重机枪。

正当战士们高兴地搬战利品时，敌人的后续部队赶到了。此时脱身已来不及了，只好与敌人展开阵地战。敌我兵力悬殊，游击队只有30多个人，而敌人有两个排的兵力，并配有重武器。当战士们回到阵地时，敌人也上岸了，轻重武器一起开火，密集的子弹射向阵地，压得战士们抬不起头。敌人一步一步地逼近了，我们的火力根本起不了作用。撤也不行，攻又不利，怎么办？这时我想到新缴的重机枪，我请求王占春说："让我试试。"王占春惊讶地反问："你会用？"我说："总不能让敌人困死。""那你就试试吧。"叫了一个战士往机枪里灌水，摆弄几下，居然能打响。我们的重机枪发言了，愤怒的子弹撒向敌人，把敌人的火力压了下去，敌人没想到我们竟也有重武器，掉头就跑，没来得及跑的就像落叶一样，纷纷倒地，争相爬到木船上逃命。战斗结束时，王占春赞许地说："羊仔吃了豹子胆，什么武器都敢摆弄。"此后，战士们都知道队伍里有个虎胆女兵。

木棉战斗后，游击队就在程溪一带转战，练兵，发动群众，扩充队伍。1932年初，我又和部队一起进驻山城，开辟根据地。在反击张贞对小山城的"围剿"的一次战斗中，因我弹无虚发，敌人集中火力向我射击，一颗子弹从左鬓擦过，血流不止。王占春发现我受伤，命我下火线。我忍住伤痛，坚守阵地。这时，王占春匍匐过来，硬把我背下山……我真感激他。至今我的左鬓还留下一道伤疤。

4月20日，中央红军攻占漳州，我也随部队到漳州城外，担任外线警戒。同时，游击队也改编为红三团，王占春任政委。

乌石暴动

林耀泉

1930 年 5 月 29 日，在漳州市北乡乌石亭，爆发了一次党领导下的，有 3000 多农民参加的武装暴动。

漳州本是个美丽富饶的好地方，可是，在连年军阀混战的年代，同其他地方一样，劳动人民不断受到军阀官匪豪绅的蹂躏，美好的漳州，变成了农村破产、民生凋敝的贫困地区。有压迫就有反抗，1926 年冬，漳州就建立了共产党的组织，在党的领导下，漳州工农武装斗争如火如荼，迅猛发展。

1925 年，郑华在家乡丰乐村当小学教员，认识了霞苍村小学教员魏朝宗，从魏朝宗那里借来《列宁主义》《共产主义 ABC》和《农民运动周刊》等红色书刊阅读，接受了进步思想，从心底燃起革命的火花。

1926 年，经魏朝宗介绍，郑华参加了翁振华（党中央从上海派来的）组织的"青年学艺研究会"，认识了南乡的王占春。后来魏朝宗、郑华又分头深入发动群众，积极领导北乡开展农民运动。还入城驱逐霸占县农会的豪绅余高坚，到石码清算原商会会长"土皇帝"蓝番薯，并逮捕其子蓝步青，送交国民党县政府。继之南北乡农民的反"烟苗捐"斗争此起彼伏，连绵不断，打破了大革命后农村沉寂的局面。

1928年3月，朱积垒领导平和长乐暴动，有力地推动了漳州南北乡农民反"烟苗捐"斗争转向武装抗捐抗税的斗争。11月，王占春、李金发、冯翼飞到北乡帮助郑华、高渭南发展扩大农民协会和赤卫队武装组织，并授予一面印有五角星、镰刀斧头的大红旗和一台油印机。红旗在霞苍村飘扬了三天，大大鼓舞了北乡农民的斗志。

北乡农民运动愈演愈烈，1929年2月16日，浦南松州村迎神赛会，村民正在看戏时，赤卫队队员从戏台上向观众散发了一沓沓的油印传单，高呼"打倒国民党！""拥护共产党！"等口号，群情激昂，吓得国民党兵呆呆地不敢乱动。随后，顶高坑、乌石等村演社戏时，也都出现了类似的斗争场面。6月，在郑华、高渭南、王汝士、杨文德等人领导下，几个月间发展农协会员几千人。

此后，北乡很多村庄的秘密武装组织，配合南乡赤卫队的活动，纷纷开展打土豪、斗地主、反征捐税的武装斗争，先后在园村镇压了恶霸地主林水源；在丰乐庵路口缴了国民党联防团七人的枪支，并打死一名当场顽抗的班长，俘虏六名团丁。同年秋天，又先后在乌石亭、竹园村等处，枪杀了几个屡教不改的征收捐税人员，使国民党很长时间不敢派人下乡收钱粮。

1930 年 3 月初，王占春、冯翼飞从南乡再一次来到北乡，检查了乌石等村开展农运工作情况，根据各村农民要求，部署了进一步广泛深入发动群众，继续壮大农会和赤卫队，决定在适当时机组织一次大规模的各村联合武装暴动。

北乡的农民协会威信越来越高，农民运动风起云涌，已由开始的经济斗争，转向建立自己政权的政治斗争。

大规模的农民暴动时机日益成熟。于是郑华召开了漳州北乡和华安丰山等各基点负责人参加的会议，详细讨论和部署了组织武装暴动事宜，成立暴动指挥部，由郑华、高渭南、王汝士、杨文德等人组成，郑华、高渭南任正、副总指挥，时间定于 5 月 29 日早晨，集合地点在乌石亭。因为这一天是乌石亭圩日，四乡参加暴动的农民以赴圩为名便于集结一处，又可以利用纪念五卅惨案五周年的机会，再一次进行宣传鼓动。同时要求各村农协、赤卫队务必秘密而认真地做好一切准备工作，组织 3000 农民和各种武器，并在暴动前夕，将各村的地主豪绅逮捕看管起来，以免走漏消息。又将三条通往漳州的主要公路——乌石亭至新亭、浦南至浮山亭、天宝至上坂的桥梁毁坏，剪断电线，以断绝漳州国民党的电讯交通联系。同时确定暴动的目标，首先攻占乌石亭联防团，然后在沿途村庄打土豪、抓地主。暴动之后，要很快召开代表会议，建立北乡苏维埃政权，逮捕地主土劣并没收土地财产，给农民分配土地。

1930年5月29日，农历是五月初二，这一天是乌石亭圩日。

天将破晓，北乡四方参加暴动的农民就成群结队拥到乌石亭"赶圩"来了。最先到达的是乌石、埔尾、塘边、顶高坑、后塘、凤园、山尾、茶铺、后巷等村的农民，在高渭南、王汝士带领下，破晓之前就一马当先赶到，他们担负着岗哨和监视国民党联防团动静的任务。紧接着，霞苍、竹仔围、丰乐、蔡前、坂园、田边、董坑内、仙景、庵下、新厝、蔡坑、下高坑等村的农民，在郑华、李妙的领导下，也纷纷而来。浦林圩的金沙、吉洋、后林、寨仔、浦仔、五沧、角青、福林，以及鳌门、南山、洋尾、白秋坑、尾厝、察仔、后园等村的农民，在杨文德、杨文生率领下，也相继到达。地处华安县南部丰山一带的赤卫队队员、农协会员，在杨裕德的指挥下，暗中带了9支单响步枪和1支大曲九，以参加浦仔划龙舟为名，分乘几条船渡过了北溪，也准时赶到乌石亭来了。各路人马都按照事先指定的场所，迅速安顿下来。

这一天，专程参加"赶圩"的农民有3000多人，圩场上摩肩接踵，碎语喧哗，显得格外热闹。

有几个巡逻圩场的驻乌石亭国民党联防团团丁，觉得今天的场面异样，赶紧钻进团部，摇起电话挂县政府，要找团总报告这里的情况。可是，电线在昨夜已被赤卫队剪断了。值勤的团丁意识到情况严重，争先恐后地脱下了"虎皮"，换上便衣，各自匆匆忙忙逃之夭夭了。

在亭顶，郑华、高渭南、王汝士、杨文德等人的碰头会上，根据上述情况，迅速做出了决定：一方面派出一支赤卫队占领乌石亭民团团部，另一方面立即集合队伍，进行大会动员。锣声一响，各村参加暴动的农民，迅速集合了队伍，一面面鲜红的红旗迎风招展，大家按次序进入亭顶会场。

暴动副总指挥高渭南宣布开会，并略述五年前五卅惨案的经过和今天集会纪念的意义。接着，暴动总指挥郑华登台讲演。这位平时看起来文质彬彬、说话轻声慢语的青年，今天却腰间紧束军用皮带，插着一支左轮手枪，精神抖擞，嗓门洪亮，用极明显的比喻，说明农民协会之为农民者的协会，武装赤卫队保卫农民自己的劳动果实。他的动员成为这次暴动的强大动力。

大会之后，3000多农民在郑华、高渭南率领下，有次序地浩浩荡荡出发了。霞苍村赤卫队队员李米箩，身背大刀，手执一面印着镰刀斧头、上方有一颗黄色五角星的大红旗，走在队伍最前头。各村也都有一面红旗，40多面红旗，迎风飘扬。每一面红旗下，赤卫队队员都手执五排长枪、土枪、鸟枪、大刀、剑、长矛、长钩、棒棍等各式各样武器；农协会员则每人拿着一面五颜六色油光纸的三角旗，有的还拿着镰刀、铁尺。队伍从乌石亭出发，高呼着口号经埔尾、

225

乌石、塘边、顶高坑、庵下、仙景、新厝、下高坑、香亭坂、浮山豪、霞苍等村庄，沿途打土豪、抓地主，把群众最痛恨的勾结国民党的恶霸地主竹园村封建族长林渣媒以及北乡"四大金刚"（丰乐村郑顺长、白秋坑村黄松风、下高坑村陈永成、埔尾村王阿一）都抓来游乡示众。队伍继续前进，到霞苍村路口时，按照广大群众的强烈要求，就地宣判了罪大恶极封建族长林渣媒的罪行，当场枪决，根除了北乡一大祸害。

红光照乌石，乌石闪光辉，北乡 3000 农民的这一壮举，在闽南农运斗争史上写下了光辉的一页。

惠安暴动[*]

庄毓英

1930 年三四月间，厦门中共组织为加强对惠安工作的领导，先后派苏阿德（广东人）、杨道平（长汀人）、苏文波（永定人）等前来惠安。这些同志到达惠安后，经常住在本村，惠安工作逐步有所进展。

同年七八月间，上级党组织派视察员许依华前来闽南检查和布置工作，并成立闽南革命行动委员会。他到达惠安时先后在本村数次召集重要会议，除向我们做当时政治形势和工作任务的传达报告外，对我们暴动的准备工作也做了重要指示。

至同年 9 月间，我们对惠安暴动各方面的准备工作和布置已初步就绪，并已进入行动阶段。所以，从 9 月初起，惠安县委曾多次在后洋村暗中召开会议，对此次暴动工作做了

---

* 本文原标题为《我所经历的惠安暴动》，收录时做了适当修改。

详细的研究和部署，参加会议的有蓝飞鹤、陈琨、蓝飞凤、苏阿德、王耀南（万耀南）、林权民、苏文波、曾赉弼和我等。又经过相当的准备，决定以我们所掌握的凤阳民团的武装队伍为中心，将各地所有武装整编成正式队伍，并以后洋村为此次暴动的起点和基点，于 1930 年 9 月 15 日开始行动。

根据决议，我们当时决定惠东、惠北两地同时行动。9 月 14 日傍晚，开始把各地由我们掌握的所有枪集中在后洋村，原由我们掌握的凤阳民团的武装队伍正式改编为中国工农红军闽南第二独立团，部队所需的红旗、臂章事先由妇女会赶制。最初人数约有 200 多人，暴动后继续发展至 300 多人。

我们把队伍编成后，本来决定按计划在 15 日拂晓前，先由我率领一部分队伍潜入崇武城内，解决崇武反动民团常备队主力；同时由陈琨率一支队伍，解决五陈乡反动民团，然后会师扫荡当地所有反动民团。可惜我们事先派往崇武城内进行侦察的人员未能及时回来，以致贻误战机，当晚不能按原计划行动。于是又定在 16 日才开始行动。

9 月 16 日拂晓，由陈琨率领陈欠水、陈欣等人利用关系先潜入五陈反动民团团总陈鸣周所驻的大碉堡里，以及其内部设防的据点，另派队伍把该反动民团全部包围，里应外合，突然予以袭击。在战斗中，团总陈鸣周及其父被当场击毙，其所属反动武装也全部被解决。陈奕超（昭）、陈鸣周父子全部被红军解决的消息传开之后，远近农民一时欢声雷动，相继前来参加红军者甚众。在解决五陈乡反动民团的同时，另一部分队伍先占领有利地形埋伏起来，包围了山腰乡反动民团。待我们攻击五陈反动民团的部队顺利完成任务后，合兵山腰，一举收缴了该反动民团的武装，并拘留团总杨瑞庵，将其当场交给群众，开大会斗争，群众无不拍手称快。

17日清晨，在一个简单的干部会议结束之后，队伍即向三乡吴的前园村出发，到达时扣留了该村奸商土劣和高利贷商吴明新，限期交出囤积的所有谷物，并当场分与贫苦群众，还将其平时所记录高利贷的账簿和农民被抵押的田屋契约，全部当众烧毁，群众拍手称快。

在我们的队伍解决了五陈、山腰各反动民团之后，党组织的领导人曾连续接到前林村地下党支部报告：该村地主劣绅分子林孝纯、林亮川等，一听说我们发动农民暴动成立红军的消息，两人立即商议，分头出动向敌人报告，并预备武装和我们对抗。当时，党组织认为必先除隐患，于是在18日早由林权民、林德馨等人带我们的队伍直趋前林村，包围了林孝纯新盖的大厦。林孝纯持枪准备反抗，并肆无忌惮地辱骂红军。林亮川在家中得知已经出事，当即冲出家门要通知林孝纯抵抗，两人均被我们的队伍捕获，但态度顽固。在该村党支部和人民群众的共同要求下，决定给予镇压，以儆效尤。

当时，我们惠东部队未得到惠北方面农民暴动的消息，为避免我们陷入孤军作战的状态，便未按原计划进军涂寨扩大战果。于是党组织在闽南第二独立团指挥部召集干部会议，重新研究进军计划。18 日下午，把部队开进离涂寨七八里地的屿头山驻扎，并派王裕生等星夜赶往惠北联系。

当我们的部队开进屿头山之后，才发现这是一个光秃秃的独立小山岗，周围无有利高地依托，又缺可做掩蔽的天然地形地物，实非用武之地。但暴动队伍昼夜行动已好多天了，不得不仅住一夜，稍事休整。

至 19 日拂晓前，我们忽听到西南方向有枪声。天刚亮，又连续接到我们前方军事哨来人的报告：县城和涂寨两路敌人，齐头并进向我方推进中。当时我们认为，如果只是县反动民团和涂寨反动民团的常备队前来，力量可想而知。因而决定占领有利的阵地给敌人以打击。但为加强部队作战的指挥领导，决定由陈琨到右翼第三连阵地，曾赉弼到左翼所属第四连阵地，山上第一连由蓝飞鹤就地兼予督促，我自己则仍在第二连。就这样，各方面都做好战斗准备，严阵以待。

不多时，果见县反动民团到来。当敌进入我有效的射程后，我才下令全线给予迎头痛击，第一连连长庄长水以日本式大盖步枪，一举杀死敌人最先头的旗手和其他几个人；平时训练过的人员沉着应战，给敌人以迎头痛击。此时在我阵地西边远方也响起枪声，县反动民团又纠集其后续队伍，再次向我阵地冲来，又被我们打退。这时，我阵地两边突响起密集枪声，接着见国民党海军陆战队出现，并向我西北边移动，企图攻占制高点。在争夺制高点的战斗中，我基干队员陈天送突然从我身边冲出，高呼一声："冲啊！"英勇逼近敌人射击，连伤敌驳壳队多人。这位大无畏的战士也壮烈牺牲了！

这时，发现敌海军陆战队有向我们包围的意图，阵地后方且有疏落枪声在响，而左翼陈琨、曾赉弼所率的队伍也被迫撤退。直到最后，我才集中部分有训练的骨干队员，继续阻击敌人，开始掩护整个部队向北撤退。当时我们部队是准备撤退到大吴、珩厝等大乡村集合。但我们队伍路经埔殊、后曾、东湖各村时，被辋川反动民团团总曾纯如的队伍伏击，对我们撤退的队伍拦腰放冷枪阻击。后因我红军队伍撤退组织严密，敌人打了几枪未敢轻易发起攻击。

所痛心的是蓝飞鹤带一批同志，在向后曾方向撤退时被辋川反动民团曾纯如捕获。后洋村的陈妈英、陈栋村，塔上村的曾俊水等队员也同时被捕。噩耗传来，大家无不悲愤交加！

陈琨和曾赉弼在转移中各率一支队伍，互相掩护退却。曾赉弼以其素谙军事，在掩护陈琨安全撤退中，率全体人员，在屿头山东麓地带阻击敌人，杀伤了一些敌人，但因子弹打尽，被敌人包围而壮烈牺牲。陈琨也在距该地不远处，被预先埋伏的另一股敌人包围。但他临危不惧，指挥作战，自己大腿中弹，血流如注，手枪子弹打完了还取队员手中步枪狙击围敌，直到最后壮烈牺牲！

当我们撤到大吴、珩厝等村庄时，经各负责同志商量，决定先把部分队员分散，上级党组织派来的同志都设法让他们回去，以便向上级汇报。我和蓝飞凤、林权民、陈钟、陈仰高、陈镜清等一行人，化装潜往惠北、涂岭一带。不久林权民返回惠东时，不幸被敌人林孝如杀害。惠安白色恐怖更加厉害。

在惠安暴动后不久，惠安国民党反动当局将蓝飞鹤和曾俊水一起杀害。蓝飞鹤在狱中还作遗诗一首，密嘱其他被捕同志出狱时转交给党，这首诗是：

横胸铁血扫难开，

浩劫摧磨志不灰。

满地铜驼荆棘变，

游魂应逐战旗来。

1949 年，惠安人民终于获得了解放，许多参加过暴动的老同志，经过漫长的艰苦岁月和斗争历程，终于亲眼看到革命成功，亲眼看到红旗招展在先烈的热血洒染过和他们亲身战斗过的这块土地上。

飞竹怒吼

林玉兴

  飞竹过去是罗源通往古田、闽侯两县的必经之地,与连江的小沧、蓼沿相邻,地域不大,却是个天然的小集镇,是国民党区公署所在地。每逢圩日,这里商贾云集,熙熙攘攘,十分热闹。然而,这个看上去很繁荣的地方,广大农民却过着极其贫苦的生活。村中200多户人家,有三分之二以上是佃户。"佃户好凄凉,汗流飞竹洋。谷送财主厝,糠菜半年粮。"这首民谣,真实地道出了佃户辛酸的生活状况。

  1930年冬,中共连江县委书记杨而菖在甘厝村甘毛名等人的引伴下,秘密地来到了飞竹村的南洋厝。杨而菖向那里的贫苦农民讲解穷苦人为什么穷,怎样才能翻身解放的革命道理,启发农民团结起来,组织农会,跟着共产党,打土豪分田地,当家做主人。

  不久,中共福州市委宣传部部长黄孝敏乔装成卖红釉的人,多次来飞竹开展革命活动。黄孝敏向农民介绍闽西农民搞"五抗"、闹暴动的革命斗争情况，发动大家起来闹革命，并帮助总结以前开展抗捐税、冲盐仓分食盐斗争失利的教训，启发大家必须用革命的武装来对反革命的武装。

经过宣传发动，农民的政治觉悟大大提高，骨干队伍不断扩大。先后有林清炎、杜海海、林清发、叶同光、孙清元、有明、林财财、陈玉方、叶如法等十多人参加革命活动。黄孝敏为了进一步开展农运工作，又将这些农运骨干加以培训，分头下到附近乡村进行秘密串联和发动，不久又发展了三角洋村的朱香香、朱绍财、朱灿河、朱栓栓、朱木旺、朱水梯、朱炎木，陶洋村的江钟钟、黄金龙，塔里村的兰忠油、兰忠厚、兰忠谈、兰信光、兰木寿、兰木工、兰信山、兰新仗、雷春金，后企村的郑枝新、李进发、余土土，马洋村的王廷梯、王玉仁、王玉明、王昌土、王宝英、李松德，飞竹村的林金金、孙灿茂、邓顺发、孙清生、黄盛盛以及丰余、斌溪等十多个村共 61 人。

1931 年冬，黄孝敏带着连江透堡起义的喜讯又一次来到了飞竹。他向大家传达了邓子恢同志关于开展武装暴动，成立农会等一系列指示，介绍了连江透堡农民起义，开展抗租、"平粜"的做法。使贫苦农民知道，要翻身，要自主，只有跟着共产党闹革命，才有出路。许多血气方刚的年轻小伙子摩拳擦掌，当即表示，人家能干起来，我们也一定能干起来。

经过一年时间的宣传发动，黄孝敏认为，起义时机日趋成熟。但是农民兄弟没有武器，如果赤手空拳去对付区公所、民团的步枪、火枪，必然要付出很大的代价。只有先弄到武器，武装自己，才能保证革命的成功。可连盐巴都吃不上的贫苦人，到哪里去弄钱买枪？这时有人提议，到反动民团那里去弄枪。原来两年前，村里有钱人为了防御经济土匪的骚扰，联合捐款买了十多支枪，在高洋官成立了一个民间自卫武装社团——"高洋社"。后来这些枪被村里的土痞林金位据为己有，解散了"高洋社"，他拉上一些人，用这些枪成立了一个反动民团，盘踞在飞竹街占地为王。黄孝敏根据大家的意见，做了明确部署：（一）选定 11 月 25 日夜间行动，使民团团丁摸不清我们的虚实；（二）争取民团内应，尽量避免火力冲突；（三）夺取枪支后，迅速转移，以防敌人反扑。

经过几天紧张准备后，一切就绪。

25 日晚，参加起义的甘厝、飞竹等十多个村 100 多名农民起义队伍手执长矛、钩镰，陆续向反动民团团部和区公署靠拢埋伏。二更时分，黄孝敏指挥大家点燃土炮为号，霎时间火把齐燃，起义队伍把鞭炮燃放在煤油桶里，发出噼噼啪啪像机枪、步枪发射的响声，同时哨声、呐喊声响成一片。十多个先锋队冲到反动民团团部，后门已被我们争取来做内应的团丁黄鼎盛打开，队伍一拥而入，林金位等人吓得浑身发抖夺路逃跑。起义队伍在黄鼎盛的指点下，从谷仓中挖出埋藏的十余支枪、700 多发子弹，以及部分服装等。

这次起义，不仅仅是夺得几支步枪、几百发子弹，更主要的是使飞竹以及附近十几个村的农民清楚地认识到：劳苦大众必须团结起来，跟着共产党用革命的武装去对付反革命武装，最后夺取政权，当家做主，才有真正的出路。

飞竹起义是当时闽东地区较早的一次农民武装斗争，是罗源县工农武装革命的前奏，为以后轰轰烈烈的工农武装斗争奠定了基础。同时，也培养了一批优秀的农民武装骨干，这些优秀的农民武装骨干在后来的革命斗争中，有 21 位同志为民族的解放事业光荣地献出了宝贵的生命。

飞竹这个革命根据地，在漫长的战争岁月中，经受了血与火的严峻考验，从土地革命战争、抗日战争直到解放战争，斗争未艾，红旗不倒！

迟来的闽东狂潮

范式人

1934年8月，红军北上抗日先遣队路过闽东，叶飞同志率部到宁德赤溪与其会合，我与叶秀藩亦去迎接，他们过福安潘溪开到穆阳。这时特委动员了很多人来参加中央红军，可是先遣队在穆阳只住两天，即经寿宁、政和及浙江庆元、龙泉向赣东北去了。詹寅、叶秀藩和我带队伍到福安北区也没有赶上他们。

先遣队的入闽，起了牵制敌人、配合中央红军长征的作用，同时对闽东党和群众起了鼓励作用。中央红军一来，使群众懂得共产党不是孤立的，一些说革命党是"土匪"的人再也不敢说了。先遣队来闽东，给了我们一些文件，介绍了中央苏区工作经验，留下了一个在上海的党中央的关系，这对闽东党有很大的好处。另外，还在闽东留下了一批伤员，他们伤好后，给闽东红军增加了一部分力量。

先遣队走后，闽东独立团到福鼎去攻打秦屿，回来时我病倒在沙坑。9 月底，叶飞同志率领闽东独立团到宁德支提寺，与连江来的独立十三团合并成立了闽东独立师，师政委叶飞同志，师长冯品太（冯品泰），副师长赖金彪同志，部队编制共 3 个团 9 个连。原闽东独立团一、二营为一团（团长潘伯成同志），三营为二团，原独立十三团为三团（多是连罗人，也有一部分原先遣队的伤员），加上师部特务队总计 1500 余人枪，还有几挺轻机枪。

当时除独立师主力外，还有很多地方游击队，福寿、安德、鼎平都有独立营，计有 2000 左右枪支，这些枪多是从敌人手中缴来的"德国造""捷克造"，也有买来的，"套筒""汉阳造"算是好枪了。从 1934 年春开始，这批武器在保卫春耕、夏收、秋收方面发挥了很大作用。地主请兵来抢粮，我们队伍就同他们打，在福安、茜洋、柏柱洋、东区等地打了好几仗，维护了群众的利益。红二团团长潘伯成在反抢粮斗争中牺牲了。

独立师成立后，我们计划打国民党几个地方，把主力绝大部分都集中了，结果敌人也集中力量来追击围歼我们。同时，中央红军已开始长征，到 11 月时敌人集中力量，转向我们，就大举进攻闽东苏区了。

闽东苏区是后期的苏区。由于福建省委被破坏，我们失去了与上级的关系。当时党中央还不知闽东有一块苏区，先遣队到时，打了电报给中央，中央才知有这个苏区。但仅仅存在一年时间，1934 年年底就基本上被敌人占领了。

当时敌人有七十九师、八十师、八十一师、八十四师、新十师等六七个师的主力，一个师按三个团4000人计算，约有3万人，而我们只有2000余人，敌人主力十几倍于我。敌人还有福建、浙江等十来个地方保安团，再勾结地主武装民团、大刀会，说10万人是差不多的。

敌人在军事上的"围剿"布置大体是这样：指挥部设在宁德三都澳，新十师（师长萧乾）的三个团3000多人，则专门追击我们独立师主力，同我们拼；其他师、保安团则分区驻扎"清剿"，搜山建碉堡，各个重要城镇都有驻扎，而后四出山区"清剿"，当然第一个重点是放在福安。在政治上敌人采取编保甲和搞"自新"来瓦解我们。1933年冬，我们退到福安时，寿宁的敌人对"自新"的人也杀，但福安的敌人只要"自新"就不杀。

在敌人进攻面前，闽东党一面发动群众投入反"围剿"斗争，另一面独立师主力为了保卫苏区就同敌人硬干，打了一些硬仗，造成一定损失。

这时我在沙坑伤病初愈，特委通知我回师部工作。那时第一团负责人是原先遣队干部，第二团团长是范义生，第三团团长是游聚康。我回师部后，叶飞同志叫我去师部和冯品太一起率领一团行动，副师长赖金彪同志则指挥二团行动，马立峰同志指挥三团在福安东区长冠一带行动。

我到一团后的第一个行动是攻打周墩城。当时形势很严峻，师长冯品太（先遣队团长，没有独立行动过，很年轻，只有 24 岁）当着干部面终日长吁短叹说："唉！怎么办？政委还不来。政委不来还行？"我见他这样没信心，自己并无职务，根本无法指挥，同时考虑到形势严峻，特委一定有新的决策，就说："那就回去吧！"于是又把一团撤回福安北区，找到叶飞，告诉他我没办法负责这支队伍。

当时特委实际决策大事的只有马立峰、詹寅、叶飞等同志。因为柏柱洋已被敌人占领，特委撤到东区官洋（即安福），闽东苏维埃政府的牌子仍保存完好，马立峰同志也回到东区来了。按叶飞同志的意见，为了保存力量，把队伍撤出苏区打游击战，叫马立峰同志跟随独立师行动。但是詹寅同志不同意，他说要保卫苏区，保护群众，队伍不能撤，老马也不能带走。马立峰同志和詹寅同志都坚决要保卫苏区，在内部和敌人打。这样一来，詹寅、叶飞他们在长冠、充木洋争论了几次也没个结果，于是又决定打几仗再说。

这样，我们一团队伍回北区后，接到叶飞同志来信，又开去东区与赖金彪同志带的二团会合。就在这时，我们在佳章同敌人打了一天，敌人虽然全连被我们消灭，但仍是越聚越多，计有三个团向我们拼。赖金彪同志很英勇，他抓了一挺轻机枪，这边打打，那边打打，直打到天黑，敌人都未能攻上来。到晚上，我们看这样打下去不行，决定撤退。叶飞同志又要我带一团，我说："我带不走，只能随军布置一下工作可以。"当夜我们一团又转回北区去。

至此形势更加严峻，不撤不行了。几天后叶飞同志与赖金彪同志带的二团也转来北区了。叶征求我意见，我亦主张队伍到苏区外面行动，把敌人引出苏区，支持叶的主张。

这时我的大腿肿了起来，不能走路，叶飞同志要把我抬走，我怕影响队伍行动，要求留下，坚持福寿斗争。叶飞同志同意了。这样叶飞和冯品太、赖金彪同志带了独立师冲出苏区，向周墩方向行动。这时快过年了。

我的大腿越肿越大，终至烂了起来，只好隐蔽在福安北区坑口山上医疗。

我在北区病了一个多月，回到了寿宁岗垅见了叶秀藩同志，我同他商量：当时有一二十支枪，应赶快组织游击队起来活动，不能再埋枪掩蔽了。因为这时独立师撤出后，在福寿、鼎平边界敌人松了下来，形势对我们有利。我们从敌人报纸上知道叶飞同志的队伍在宁德，就派人去联系。叶飞同志见我们还在，很高兴，就派第二团回寿宁要我带领。第二团原是十六连的老基础，这时，剩下上百人，团长范义生同志此时病已基本好了，我仍交给他带。

我把第二团带到岗垅附近的小村庄活动了一下，忽然听说原北上抗日先遣队被敌人打垮后剩下的队伍在附近边界活动，我就把二团带去找他们，可他们又转到浙江去了，找不着。就由范义生同志带二团去宁德接叶飞同志，叫他向叶飞同志报告："已联系上霞鼎的许旺同志，霞鼎地区有发展，鼎平黄固生也有发展，福寿地区也有发展……"

1935 年农历四月间，叶飞同志把师部特务队和冯品太带回了岗垅。在岗垅官宅，由叶飞、叶秀藩和我三人审问冯品太，要他供出准备投敌的情况，并拿出他给敌人的信，他这才承认了。于是我们三人决定枪毙冯品太。如果冯品太投敌成功，那影响真是太大了。

处理了冯品太后，我对当时的工作提出几点意见和叶秀藩同志商定：第一个是暂时不提分田地，还是发动群众打土豪分财物；第二个是解决赤白区的对立，凡是不伤害我们的小商贩，就允许他们来往；第三个是对抓来的土豪能拿多少钱就拿多少钱，改变过去使其倾家荡产的办法，但不如期交款者即要枪决；第四个是向闽浙边开展工作，并给我们留下红二团。由于交通员与霞鼎许旺同志接上了关系，就由交通员带叶飞同志和特务队去霞鼎，打下了福鼎沙埕等地。我们队伍则在闽浙边区一带开展工作，并向福安北区一带发展。从此三年游击战争时期就有领导有组织地全面展开了。

奇袭兰田

陈　挺

闽东北地处偏僻，交通闭塞，由于反动政府的横征暴敛，地主豪绅的盘剥，广大工农群众生活在水深火热之中。

1930 年，中共福安县委在发动领导城市斗争和农村"五抗"斗争的同时，也先后组织了数次武装暴动，并在民团、警备队和土匪、大刀会中开展士兵工作，以图掌握部分武装开展游击斗争，但这些努力没有成功。直到 1931 年春夏间建立了一支六七人的秘密游击队（又称肃反队），队长詹如柏，我是其中一员。任务一是筹款，二是肃反，有任务时外出执行，没任务时就把武器藏起来回家生产。

1931 年，福州市委派邓子恢同志在福安溪柄和连江透堡等地，开展声势浩大的抗麦债斗争和平棠抗租斗争。1932 年春夏，党组织在闽东北发动领导了声势浩大的抗春荒和抗烟捐斗争。但在国民党反动派和地主豪绅的联合镇压下，这些斗争都遭到了严重的挫折。

血的教训使闽东北党组织清醒地认识到，要取得斗争的胜利，仅仅依靠经济斗争的方式是行不通的，小规模的武装力量也不能适应斗争的需要，必须加紧建立工农革命武装，开展游击武装斗争。

为了使闽东北地区的土地革命从经济斗争走上武装斗争的正确道路，以陶铸同志为书记的中共福州中心市委，在1932年5月15日的扩大会议上做出了决议，决定要积极去发动福安、连江正在酝酿的抗烟捐斗争，马上在这两县组织游击队，开始以游击战争去创造新的苏维埃区域。随后，陶铸同志又亲临闽东指导开展游击运动建立工农武装。

同年6月，我们秘密游击队正在双峰村。一天，詹如柏带来位教员模样的陌生人，满口外地口音，我听不懂，马立峰称他为老邱，后来才知道，他是当时的福州中心市委领导人陶铸同志。

陶铸同志到福安有一个多月时间。他来后不久，从一批坚持斗争而因暴露身份不能回家的党团员、农会骨干中挑选出了20多人和我们秘密游击队原有的六七个队员一起，于7月在溪北洋马山村正式成立了福安游击队，并任命詹如柏为队长，马立峰为政委，队员共30多人，三四支枪，大多数队员拿的是大刀。白天躲在家里办训练班，由陶铸同志给我们讲课，晚上就分组出去打土豪、分粮食，保卫秋收，支援农民进行"五抗"斗争。

为了壮大革命武装力量，威慑敌人，同时为县委和游击队筹集活动经费，根据福州中心市委的指示精神，中心县委决定发起兰田暴动。

兰田（今凤林）位于福安溪北洋。村里住着当时福安最大的地主，号称"金、怡、瑞"的陈氏三兄弟。陈家在本县的溪北洋、甘棠洋、穆阳、阳头等地购置了大量的田地和房产，每年收租 2 万多担。上海、福州、温州和县城均有他们开的银行、店铺。兰田陈氏地主庄园占地 60 多亩，四周用围墙圈起个大院落，并筑有炮楼。他们还豢养了一支 40 多人的民团武装，用来守家护院，催租逼债，溪北洋的群众对他们恨之入骨。

为了确保暴动的成功，事先詹如柏、马立峰亲自到兰田侦察地形，同时派人摸清了兰田民团的枪支、人员、活动规律，还搞来了几套国民党警服，最后制订了化装奇袭的战斗方案。

中秋节前夜，我们的队员三三两两地来到离兰田村几里路的马山村，在地下党员郭怀庆的家会集。詹如柏做了战前动员，队员们听说要打兰田、夺民团的枪，都乐了，个个摩拳擦掌。午夜时分，我们将怀庆端来的一桶地瓜饭和几碗咸带鱼一扫而光，等待下半夜的行动。

9 月 15 日凌晨 1 点，我们悄悄地离开马山。中秋前夕，风清气爽，月亮又圆又大，大地一片银光。叶茂迁、贵兴和外号叫"机器"的冯信谦三人走在最前面，我和其他队员在后面百米处紧跟着，约赶了半个多小时就到了兰田。在月光映照下，我们在后面清楚地看到，身穿警服的叶茂迁等三人大摇大摆地走向祠堂。

门口的哨兵见有人走来，大声喝道："站住，干什么的?"

叶茂迁神气十足地大声说："穆阳来的，我们是警察队! 有紧急事情要找你们团长。"

"什么急事? 这么晚了!"

"少啰唆!"叶茂迁边走边不耐烦地说。当他们接近哨兵时，便趁其不备，一齐扑过去，很快将他们堵住嘴捆起来了。后面跟上的队员如下山猛虎冲进大院，冲到反动民团的房子里，高喊："缴枪不杀!"团丁怕得要死，便乖乖地缴枪。有部分团丁到邻村双峰去看戏，在两小时前，刚从那里回来，并已睡去，待他们从梦中惊醒时，枪已到我们手中。他们看到眼前的枪口和明晃晃的大刀，吓得躲的躲、逃的逃，有的钻到床底下，来不及躲的就跪在床下举起双手直哆嗦，只有反动民团的黄教练拒绝交出短枪，被队长当场击毙。不到半小时，战斗结束，兰田反动民团的 18 支枪全部被缴获。

兰田暴动的胜利开创了闽东北武装斗争的新局面，它为闽东北党组织日后组织武装暴动提供了可资借鉴的宝贵经验，也坚定了各地党组织和工农群众开展武装斗争的信念。

兰田暴动威震闽东。从此，我们公开打出了"闽东北工农游击第一支队"的旗帜。1932 年 9 月 27 日，我们又乘胜攻打了溪尾反动民团，击毙该乡大土豪、反动民团团长杨省斋，缴获了7支枪。后又智取西隐反动民团，横扫康厝、苏坂反动民团，突袭棠溪反动民团，镇压寿宁南阳土豪龚阿八，活动于福安及福安与寿宁、宁德、霞浦柘洋、周墩毗连地区，威震闽东北。

1934年1月，我们的第一支队与闽东工农游击第五支队合编为中国工农红军闽东第二独立团，政委叶飞，团长任铁峰，为创建闽东苏区而战。同年9月底红二团与连罗地区的红十三团合并扩编为红军闽东独立师，为保卫闽东苏区，坚持闽东地区的三年游击战争，浴血奋战，建立功勋。

铁锤叮当响，梭镖亮堂堂

邱廷太

　　我是霞浦青皎凤尾洋村人，曾任青皎第一红带会队长，参加过声势浩大的青皎农民武装暴动和攻打盐田战斗。

　　我们青皎地区当年属霞浦小南区，以现在盐田畲族乡的南塘行政村为中心，包括尤沃、瓦窑头、浒屿沃、南塘沃，以及沙江镇的坡头、龙湾、八堡、坝头等 40 多个自然村，这里与福安溪尾、宁德三都等地隔海相望，是当年霞浦水路交通要道之一。

　　1932 年底，在南塘、龙湾一带打长工的缪忠如、肖全弟、毛马应等人，听说福安老家闹起了革命，便回家参加革命。随后，被派回青皎地区进行秘密革命活动。他们回来后，即进行宣传发动工作，首先在我们这些贫苦农民中物色发展对象，当时率先参加革命活动的有我、刘细弟、刘作弟、刘各天、雷步旺等人。我们的工作有了很大的进展，革命火种开始在青皎地区广泛传播。

1933 年 7 月，中共福安中心县委委员施霖（化名老方、云盘）、詹建忠（南占）来到青皎地区领导革命，当即在南塘海边村建立了中共青皎支部，书记毛马应、副书记缪忠如，我和刘细弟、刘各天等积极分子首批被吸收加入党组织。支部建立起来后，老方、南占、毛马应、缪忠如等人先后在海边村后山张姓墓坪和南塘刘细弟店内召开秘密会议，研究着手建立农民武装红带会组织和苏维埃政权，打土豪筹财政，开展抗捐、抗税、抗租、废债斗争等问题。大家听了老方同志介绍寿宁建立红带会开展打土豪的情况后，感到十分高兴，便你一言我一语地热烈讨论起来，大家一致认为我们应该照寿宁的办法，把红带会组织起来。会后，我回村秘密串联了蛇头坑的雷建新、尤沃的兰奶寿等人，并在雷建新家里召开 3 次秘密会议，率先建立起青皎地区第一支红带会——富积岐红带会，30 多人，大家推举我担任队长。

我们第一支红带会建立起来后，消息飞快传遍整个青皎地区，引起了号称"青皎二虎"的大恶霸周树左和林顺灿的注意。这二人过去当过土匪，后来被国民党收编担任过连长职务。他们平日横行乡里，恃强凌弱，不仅一般穷苦百姓受他们欺侮，甚至连一些小地主也吃过他们的苦头。因此，群众非常惧怕他们，也十分愤恨他们。

有一天，我们红带会正在操练，周树左、林顺灿派出一个狗腿子直奔富积岐村来找我，说什么"周、林二位老爷派本人来传话，限你们三天之内把队伍解散，否则，将来有你们好看的……"说完拔腿就走。

"这不是强迫我们永远给他们当牛做马吗?"队员们一片哗然。当时我安慰大家说:"大家先别急,此事我会向老方同志汇报的,相信老方同志会有办法对付他们的。"接着我交代雷建新领队员们继续操练,自己则大步流星地跑去找老方。南占同志听完汇报后,胸有成竹地说:"我们正好要设法除掉这两只老虎呢,现在我们一起来讨论个除虎的办法。"

三天期限已到了,这一天我派人给周、林送去大红请柬,邀请他们到一家小店赴宴,说要当面"赔礼"。周、林准时来了,这时,看地理的老方先生刚好在店中,我也邀请他入席。席间,我说:"我们几个穷兄弟凑在一起学些拳脚功夫,主要用来防土匪,既然老爷们不让组织了,那我们就解散好了。"老方作为风水先生,三杯敬酒下肚,话匣子就打开了,说什么"我相过你们的风水宝地,今天在这里见面,幸会!幸会!来,现在我借主人的酒敬你们三杯,祝你们财源茂盛,干!"就这样又捧又敬,把他们灌得烂醉如泥。这时,老方见目的已经达到,便做丢酒杯的暗号,顷刻间等候在周围的几名红带会队员以迅雷不及掩耳之势,跑上前来把二人用麻绳一捆,拉到后门山结果了性命。与此同时,埋伏在周、林两家附近的毛马应、缪忠如等率领的红带会队员,分头冲入两家,把其狗腿子和其家人关在一起,打开其粮仓,没收其浮财,充作革命活动经费。

除霸乡里，群众极为振奋，消除了思想顾虑，增强了斗志，纷纷自觉地报名参加红带会组织。此后红带会组织如雨后春笋般在各村建立起来。至武装暴动前夕，青皎地区47个村，已建立红带会21支，参加人员达700多人。

随着红带会组织的建立和壮大，当时武器奇缺，各村觉悟起来的农民，有钱出钱，有力出力，请来泰顺打铁师傅，赶制大刀、土枪、梭镖，到处是铁锤叮当响、梭镖亮堂堂，红带会威风无比。

经过一段时间的准备工作，老方和南占同志认为暴动时机已经成熟，于是在1933年11月间，在南塘海边村成立青皎农民暴动指挥部，老方和南占同志分别担任正副指挥。指挥部成立后，决定当月15日，青皎地区21支红带会，700多人（含基本群众共1000多人）同时举行武装暴动。14日，暴动总指挥老方同志派我和林耀太、刘成妹、刘维利四人，率第一中队部分队员，首先在富积岐村打响暴动第一炮。我接受任务后，回村向正在摩拳擦掌盼望暴动时机来临的队员们传达这一命令，大家高兴极了。接着，大家详细讨论了活捉本村大土豪尤阿妹弟和高利贷商尤金鼠的行动方案。

当晚夜深人静，我率部分队员，以一把刀开路，直奔尤阿妹弟和尤金鼠家，把正在做发财美梦的尤阿妹弟和尤金鼠拉下床来。这两人见我手持明晃晃的大刀，吓得魂飞魄散，浑身发抖，往日的威风也不知跑到哪里去了。我命令他们交出粮食。这些守财如命的地主老财也狡猾得很,见我带去的人不多,又只见一把腰刀,便装起可怜相,哭丧着脸说什么"都是乡里乡亲,这几年地租收不起来,我们家没有多少存粮",迟迟不把钥匙交出来。"你们家有没有粮食我们清楚,再不交出钥匙,休怪我们不客气。"我上前一步用大刀在他们面前晃一晃说。这时他们见大势已去,才不甘地把仓库钥匙交出来。我立即命令打开这两家粮仓,把400多担粮食和部分浮财没收,分给村里和周围村庄的贫苦农民,并把从他们两家抄来的地契和债单付之一炬。

首战告捷,振奋了民心,鼓舞了斗志。15日青皎地区纵横数十里内,各村纷纷揭竿而起,暴动声势浩大,经久不衰。暴动中,前后共镇压了作恶多端的地霸和反动分子30多人。贫苦农民第一次扬眉吐气,尝到了闹革命的甜头、翻身的喜悦。

为了扫除外围反动势力对青皎地区的威胁,巩固已经取得的斗争胜利成果,暴动指挥部总指挥老方、南占决定攻打盐田。

盐田是霞浦县的一座重镇,国民党政府在这里设有镇公所、海关,还建立有反动民团。打下盐田不但可以巩固青皎根据地,而且可以扩大影响,把革命火种更广泛地传播出去。于是1934年1月5日,老方、南占同志把我们这些正在热火朝天进行"二抗"斗争的红带会队员集中起来,共有400多人,分水陆两路向盐田进攻,封锁海上交通要道——盐田港。首次出师攻打盐田，我仍带领富积岐红带会参战。我们抵达盐田时，国民党驻盐田的海关人员以及镇公所警察已望风潜逃，我们不费吹灰之力就占领了盐田海关和镇公所，摧毁了敌人两座炮楼（碉堡），同时在盐田大街上把严、黄两家地主粮仓打开，没收粮食400多担，用船运回南塘海边暴动指挥部。我们暴动队伍占领盐田后，天刚破晓，盐田群众纷纷前来慰问，送茶送水热情欢迎革命队伍。为防止霞浦县城敌人赶来包围，战斗结束，老方、南占即下令撤退，率领我们浩浩荡荡撤回青皎地区。

盐田一战，进一步扩大了革命影响，吓得地主豪绅都缩成一团，凡是在县城有关系的都逃到县城去了，大片农村为我们所控制。我们也很快建立了革命根据地，成立了苏维埃政府。

虎穴操戈举义旗

周祖怡　张金全

1933 年 6 月，周祖怡在福州国民党第十九路军团训所受训，临毕业时，即逢该军打出"联俄、联共、反日、反蒋"的旗帜，成立"中华共和国人民革命政府"，史称"闽变"。周祖怡被派往总司令部任见习官。

12 月"闽变"失利，部队撤到闽南后，叫周祖怡回到老家周墩。总司令部的刘副官长写了一封信，将周祖怡介绍给原十九路军刘的同学宁德县黄县长，由黄县长委派周祖怡回周墩，担任第五区常备队见习官。当时的常备队是属于十九路军保卫团指挥的直属部队。

这时，周墩已有中共地下革命组织，活动很活跃，主要采取沾亲带故的办法，暗中串联发展。周祖怡之兄周祖慎从福州法政学校肄业回乡后，在周墩区担任了常备队第一排排长的职务，1933 年间由周祖慎的老师肖安轩和其父亲的干儿子凌福顺介绍参加了革命组织。周祖怡回来后，也由谊兄

254

弟王大尧、周应庚介绍参加了中国共产党的地下革命组织。

我们十多个革命骨干，先后两次在肖安轩和周家三楼秘密开会，并举行了宣誓活动。做法是把公鸡抓一只来杀掉，让血滴入温热的红酒里，每人一碗，喝了这鸡血酒，然后对天发誓。誓词大体是：我们参加共产党，做红军，同生死，谊为兄弟，革命到底，永不变心。如有背叛，不得好死。含意是如鸡一般流血而亡，然后一一把酒喝下。

通过这种办法，我们把社会各阶层的有识之士，结为肝胆兄弟，继而发展为志同道合的革命者，组成以肖安轩为首的地下共产党小组。

1934 年 2 月初，我们在北门的后门山开会，决定成立"周墩游击队"，选举凌福顺为队长。

地下党组织早已采取"打进去，拉出来"的办法，在第五区公所的要害部门展开分化瓦解敌人的工作。这时的凌福顺，既是常备队第一班的班长，又是游击队队长，吴少安（即吴廷熙）既是警察所巡官，又是地下党组织的领导人之一，周祖慎和周祖怡既是常备队的军官，暗中又是共产党领导下的武装骨干。

我们"身在曹营心在汉"，虎穴操戈，随时都有杀身之虞。但我们全然不顾，不入虎穴，焉得虎子？果然，周祖慎与肖安轩等地下党组织的秘密关系，很快被常备队长肖绍禹觉察，他把周的一排排长职务给裁撤了。不久常备队即改编为后备队，中队长也改由魏海波（即魏朝宗）代理。

1934 年 2 月底，为了进一步控制敌人的武装力量，中共福安中心县委书记马立峰同志特派穆阳大德生药材店的第王（又名阿五）同志为代表，来周墩指导革命。我们在龙潭庵后山开会，研究决定趁常备队改编和换队长之际，由周祖慎继续潜入后备队，控制武装，负责内应。随后即筹集了 200元，让周到宁德县去活动。结果宁德县直接委派周祖慎为第五区后备队第一排排长。从此，周与凌福顺、吴少安等密切配合，暗中在后备队开展策反工作，把吴承勤、郑兴秋及大部分士兵陆续争取过来，参加或支持革命活动。

6 月，地下党组织研究认为：为避免暴露地下党组织目标，决定让吴少安同志辞去警察所巡官之职，专门从事地下革命活动，集资举荐让周祖怡到宁德活动后，由见习官接任警察所巡官。于是，周祖怡就利用职务之便，为地下党组织提供情报、物资和暗中进行地下工作。

这样，第五区后备队和警察所的相当部分武装，已掌握在地下党组织手里，为周墩里应外合举行武装暴动创造了极为有利的条件。

7 月，中共闽东特委委员詹如柏到周墩，召开骨干会议，部署进一步做好建立武装、筹备经费和策划兵变三大任务。会后由闽东苏维埃政府发给我们三支短枪，并指令将"周墩游击队"改编为"闽东工农游击队第十一支队"，8 月在坂头林成立，凌福顺任队长，王大尧为政委。从此，周墩革命声势越来越大，街头巷尾经常出现红军标语和传单，我们都暗中加以保护。

10 月 27 日，叶飞率领的闽东独立师攻克咸村，消息传来，我们非常兴奋，认为武装暴动时机已到。28 日晚，地下党组织在肖安轩家召开扩大会，参加会议的有肖安轩、凌福顺、王大尧、吴少安、郑佛前、周愚弟、周应庚、吴承勤及周祖怡等骨干，会上决定 10 月 30 日（农历九月二十三）举行周墩暴动，成立周墩苏维埃政府，推选周愚弟为主席。一面派张金全、郑佛前等三人连夜赶往咸村，去请闽东独立师来周墩城支持我们的暴动行动，一面积极做好内部接应工作。会后分头行动，分点部署，进行暴动前的各项准备工作。

1934 年 7 月间，中共闽东特委委员詹如柏再次来周墩指导革命，开会研究进一步建立革命武装问题。会后周墩地下党组织派张金全和郑佛前、肖志芬、王大金四人，随詹如柏经八蒲、方广寺、白路骨，到达福安县的柏柱洋，向闽东苏维埃政府领来 3 支大曲九枪、9 发子弹，由他们三人先带回。张金全被留下，随詹如柏同志先后到过宁德县的表贤、支提寺一带，熟悉地下交通线和联络地点，一个多月后才回到周墩。

我们到咸村，见到了叶飞同志，向他说明了来意，介绍了周墩的情况，请他调兵攻打周墩，以支援我们在周墩的暴动行动。我们还把周墩城的地形、驻军地点、城堡设置、区署地址、进城路线等绘具简单地图，供叶飞进城作战时参考。闽东红军独立师首长听了我们的汇报后，立即部署，赶制攻城竹梯等工具，于 29 日连夜向周墩进发。

周祖慎和周祖怡的任务是负责控制后备队和警察所武装，务必使兵变成功。后备队代理中队长魏海波，其父魏绍经，是周墩民团团总，又曾做过宁德县保安队队长，据了解那天晚上也在咸村。地下党组织就以魏绍经的名义写了封假信给他儿子魏海波，信的大意说："我这次在咸村已被红军扣留了，叫你把周墩后备队的枪交给红军，我才能留得住性命。"地下党组织把这封信拿给魏海波，又把他叫来，说明了情况，问道："你父已被红军扣留了，你是留枪好，还是留父好？"魏当时不敢表态。我方进一步做思想工作："明天红军独立师到周墩，你与他们打，打败了怎么办？劝你还是退避为妙。"

吴少安当即提出"凡和平缴械者不杀"的口号和安抚办法，进一步分化瓦解敌人。

10 月 29 日在后备队早餐时，凌福顺即派员布防各要口，周祖慎及吴承勤、郑兴秋等革命骨干配合稳住后备队兵营。凌带领游击队队员找到躲在一户地主家鸦片床上抽大烟的魏海波，斥问道："你是留人还是留枪？"面对乌黑的枪口，魏海波只好回队部下令缴械。

一排排长周祖慎早已做好缴枪的内应工作，把全排枪集中交吴承勤，转给游击队。第三排在营的兵士也缴了枪，只有第二排排长叶华生趁乱出逃。警察所的四支枪由周祖怡配合王大尧、周应庚一起收缴了。

10 月 30 日早晨，叶飞率领的闽东独立师到达周墩，和闽东工农游击队第十一支队里应外合，不费一枪一弹，顺利地占领周墩城，胜利会师，武装暴动一举成功，全城到处都是佩戴红臂章的游击队队员和革命群众。

为了彻底肃清地方反动武装，第十一支队和闽东独立师一起向萌底方向进发，乘胜追击潜逃的后备队残敌。凌福顺又与周祖慎勇挑重担，接受了担任政治攻势的任务，再次深入虎穴，找到了躲在萌底后门山山厂里的后备队士兵，进行劝降动员。结果除二排排长叶华生溜走外，其余 30 来人，连同俄式步枪，全部被带到石马潭地方，向叶飞部队缴械。至此，后备队全连溃散，共缴枪支 110 支，子弹数千发。

11 月 1 日，在叶飞主持下，周墩苏维埃政府在周氏宗祠正式成立，并且对闽东工农游击队第十一支队进行了整编，我们将后备队及从民团那里收缴来的 110 多支枪全部集中起来，进行清点验收，然后再配发给第十一支队 40 多支枪，还组织了部分游击队队员，连同其余所缴枪支，充实独立师部队。